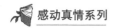
感动真情系列

剪不断的师生情

——感动小学生的 100 个老师

◎总 主 编：刘海涛
◎本册主编：章叶英

九州出版社
JIUZHOUPRESS | 全国百佳图书出版单位

图书在版编目(CIP)数据

感动小学生的 100 个老师:剪不断的师生情 / 刘海涛主编.

—北京:九州出版社,2006.2(2021.7 重印)

ISBN 978-7-80195-424-4

Ⅰ. 感... Ⅱ. 刘... Ⅲ. ①散文–作品集–世界 ②随笔–作品集

–世界 Ⅳ. I16

中国版本图书馆 CIP 数据核字(2005)第 151589 号

感动小学生的 100 个老师:剪不断的师生情

作　者	刘海涛 总主编　章叶英 本册主编
出版发行	九州出版社
地　址	北京市西城区阜外大街甲 35 号(100037)
发行电话	(010)68992190/2/3/5/6
网　址	www.jiuzhoupress.com
电子信箱	jiuzhou@jiuzhoupress.com
印　刷	北京一鑫印务有限责任公司
开　本	787 毫米 × 960 毫米　16 开
印　张	11.5
字　数	211 千字
版　次	2006 年 2 月第 1 版
印　次	2021 年 7 月第 3 次印刷
书　号	ISBN 978-7-80195-424-4
定　价	32.00 元

目 录

永远记住您,老师

美丽如茉莉的情谊

捻亮了灯等你

剪 不 断 的 师 生 情

风雪夜中亮着一盏灯

3

永远记住您，老师

一天天一年年我们在校园里茁壮成长，从懵懂孩童到青春飞扬，然后进入社会大舞台搏击人生。老师谆谆教诲的深情是我们前行的灯火，给我们温暖、力量和信念……

> 就是伟大的作家也有出错的时候,所以,出错不是什么可怕的事情。

一堂阅读课

◆ 文/沙 漠

上课铃响了,孩子们跑进教室,这节课老师要讲的是《灰姑娘》的故事。

老师先请一个孩子上台给同学讲一讲这个故事。孩子很快讲完了,老师对他表示了感谢,然后开始向全班提问。

老师:你们喜欢故事里面的哪一个? 不喜欢哪一个? 为什么?

学生:喜欢辛黛瑞拉(灰姑娘),还有王子,不喜欢她的后妈和后妈带来的姐姐。辛黛瑞拉善良、可爱、漂亮……后妈和姐姐对辛黛瑞拉不好。

老师:如果在午夜十二点的时候,辛黛瑞拉没有来得及跳上她的南瓜马车,你们想一想,可能会出现什么情况?

学生:辛黛瑞拉会变成原来脏脏的样子,穿着破旧的衣服,哎呀,那就惨啦。

老师:所以,你们一定要做一个守时的人,不然就可能给自己带来麻烦。另外,你们看,你们每个人平时都打扮得漂漂亮亮的,千万不要突然邋里邋遢地出现在别人面前,不然你们的朋友要吓着了。女孩

子们,你们更要注意,将来你们长大和男孩子约会,要是你不注意,被你的男朋友看到你很难看的样子,他们可能就吓昏了(老师做昏倒状,全班大笑)。

好,下一个问题:如果你是辛黛瑞拉的后妈,你会不会阻止辛黛瑞拉去参加王子的舞会?你们一定要诚实哟!

学生:(过了一会儿,有孩子举手回答)是的,如果我是辛黛瑞拉的后妈,我也会阻止她去参加王子的舞会。

老师:为什么?

学生:因为,因为我爱自己的女儿,我希望自己的女儿当上王后。

老师:是的,所以,我们看到的后妈好像都是不好的人,她们只是对别人不够好,可是她们对自己的孩子却很好,你们明白了吗?她们不是坏人,只是她们还不能够像爱自己的孩子一样去爱其他的孩子。

孩子们,下一个问题:辛黛瑞拉的后妈不让她去参加王子的舞会,甚至把门锁起来,她为什么能够去,而且成为舞会上最美丽的姑娘呢?

学生:因为有仙女帮助她,给她漂亮的衣服,还把南瓜变成马车,把狗和老鼠变成仆人……

3

老师:对,你们说得很好!想一想,如果辛黛瑞拉没有得到仙女的帮助,她是不可能去参加舞会的,是不是?

学生:是的!

老师:如果狗、老鼠都不愿意帮助她,她可能在最后的时刻成功地跑回家吗?

学生:不会,那样她就可能成功地吓倒王子了(全班再次大笑)。

老师:虽然辛黛瑞拉有仙女帮助她,但是,光有仙女的帮助还不够。所以,孩子们,无论走到哪里,我们都是需要朋友的。我们的朋友不一定是仙女,但是,我们需要他们。我也希望你们有很多很多的朋友。

下面,请你们想一想,如果辛黛瑞拉因为后妈不让她参加舞会就放弃了机会,她可能成为王子的新娘吗?

学生:不会！那样的话,她就不会到舞会上,不会被王子看到,认识和爱上她了。

老师:对极了！如果辛黛瑞拉不想参加舞会,就是她的后妈没有阻止,甚至支持她去,也是没有用的,是谁决定她要去参加王子的舞会?

学生:她自己。

老师:所以,孩子们,就是辛黛瑞拉没有妈妈爱她,她的后妈不爱她,这也不能够让她不爱自己。就是因为她爱自己,她才可能去寻找自己希望得到的东西。如果你们当中有人觉得没有人爱,或者像辛黛瑞拉一样有一个不爱她的后妈,你们要怎么样?

学生:要爱自己！

老师:对,没有一个人可以阻止你爱自己,如果你觉得别人不够爱你,你要加倍地爱自己;如果别人没有给你机会,你应该加倍地给自己机会;如果你们真的爱自己,就会为自己找到自己需要的东西——没有人能够阻止辛黛瑞拉参加王子的舞会,没有人可以阻止辛黛瑞拉当上王后,除了她自己。对不对?

学生:是的！

老师:最后一个问题,这个故事有什么不合理的地方?

学生:(过了好一会儿)午夜十二点以后,所有的东西都要变回原样,可是,辛黛瑞拉的水晶鞋没有变回去。

老师:天哪,你们太棒了！你们看,就是伟大的作家也有出错的时候,所以,出错不是什么可怕的事情。我担保,如果你们当中谁将来要当作家,一定比这个作家更棒！你们相信吗?

孩子们欢呼雀跃。

——这,是美国一所普通小学的一堂阅读课。我当时就在他们当中。

精彩互动,多元解读

◇赏析／王书文

这是跟我们国内有些教师教《灰姑娘》显然不一样的一堂阅读课。这堂课没有用时下一般老师常用的多媒体介入,没有其他花里胡哨的活动,有的只是普通的师生互动对话,却精彩纷呈,给人耳目一新之感,笔者认为主要是教师对文本作了精彩的多元解读。

多元解读,追求平实。文中的教师没有按一般的教参资料讲王子与灰姑娘的阶级属性、矛盾恩怨等严肃话题,而是从守时、整洁、诚实、互助、爱自己等平实、人性的话题切入,自然亲切,符合小学生的实际情况。

多元解读,由浅入深。这种讨论式的阅读,是由浅入深地进行的,如讲守时,是一个易被忽略的小问题,而最后谈"爱自己","自己找到自己需要的东西",问题就大多了,开始涉及到挑战命运、改变命运等问题。

多元解读,由主到次。老师花了很大篇幅,挖掘课文中的闪光点,但也指出了白玉微瑕,让孩子们对名人也不必仰视,不盲目崇拜,而要敢于超越那些"伟大的作家"。

他长得颇有点"仙风道骨",诗也写得漂亮,笑起来极豪爽,我甚至为此胡思乱想过,如果哪家电影厂缺少扮演李太白的演员,那么找我的老师准行!

素 描 恩 师

◆ 文/佚 名

6

我的语文老师姓李,极豪爽,极幽默,总能出些极拍案叫绝的题目激发大家学语文的兴趣。

一次,他在课堂上问我们:"你们能否写一句话,把三个'而'字连在一起用。"

大家思考良久,没能做到。于是他笑了笑,在黑板上写了一句:"不当而而而。"见我们一时听不懂,他立刻解释道:"这是文言,只要翻译成白话就听懂了,这句话就是,不应当用'而'时却用了'而'。"

我们立刻笑了。

他也挺灿烂地笑笑,然后在黑板上写下两句话,第一句是"奶奶坐在家门口",第二句是"板凳下蛋"。然后问我们:"你们能否在两句中间加一个动词,使整句话成为一句假话!"我们绞尽脑汁想了半天也未说出答案。李老师在中间加了一个"看"字:奶奶坐在家门口"看"板凳下蛋。

细想这句,果然是句假话!

我们于是大惊——就像看到了一个极精彩的魔术。

他歪着头笑笑,又问:"能否换个动词,使之变成一句真话?"

我们于是苦苦地思索起来,果然有一个聪明的女生想出了答案:奶奶坐在家门口"说"板凳下蛋。

他于是哈哈大笑,极欣欣然的样子,还笑着说:"高!高!"

自然,就因为有了这样一位极生动的语文老师,上语文课也就成了我们最高兴的事!

更让我们大开眼界的是,他是个酒瓶收藏家,他珍藏的那些酒瓶一个比一个漂亮,每当他提及这些酒瓶,总是如数家珍,兴奋得像个孩子。

比如,被他称为"诗仙太白"的是一个造型奇特的青白色瓷瓶,瓶上有图:皓月当空,洞庭浩渺,湖中扁舟一叶,船头的李白正高举酒杯,仰面青天。旁赋有一诗:"且就洞庭赊月色,将船买酒白云边"——细品其诗其画,也的确大趣大雅。

7

另一件细长颈的"竹叶青酒"的酒瓶则被他称为"月兮尔来",但见凤尾竹下,叶正绿,花正红,花团锦簇中,太白先生笑卧其间,正举杯邀月,满面春风。画旁有诗:"花间一壶酒,独酌无相亲。举杯邀明月,对影成三人。"细观其画,也果然意境悠悠。

瞧!每一件珍藏里都有李白,一看就是个李白迷,还有,他长得颇有点"仙风道骨",诗也写得漂亮,笑起来极豪爽,我甚至为此胡思乱想过,如果哪家电影厂缺少扮演李太白的演员,那么找我的老师准行!

自然,就是为了这些,我们在背后给他起过一个极雅的外号——酒仙老师。

这就是令我们难忘的李老师!

幽默恩师，寓教于乐

◇赏析／胡　杨

《素描恩师》描绘的是一位豪爽、幽默、爱好收藏的语文教师李老师。文中作者给读者分别展示了李老师寓教于乐的教学风格和情有独钟的"酒瓶子文化"。字里行间洋溢着师生和谐友好的感情。课堂上五次提到老师的笑，"笑了笑"、"灿烂地笑笑"、"歪着头笑笑"、"哈哈大笑"、"笑着说"，笑声中渗透着老师的豪爽与幽默，笑声中充满了智慧与知识。课堂在笑声中进行，师生的距离在笑声中拉近。李老师爱好收藏酒瓶极大地丰富了学生的视野，"酒瓶文化"成了学生的第二课堂。

　　文题为"素描恩师"，虽然通篇很少有老师的身姿与容貌，可是那幽默风趣的笑声和那大趣大雅的酒瓶诗画，却给学生留下了难以忘怀的印象。故文章的结尾便有了"这就是令我们难忘的李老师"。

我们怕说不好,心里直发怵。沃特老师鼓励我们说:"不要害怕,要敢说,要多练。"

沃 特 老 师

◆ 文/聂 鼎

今年暑假,我参加了文昌小学举办的英语培训班,培训班的主讲教师是美国籍的沃特老师。

沃特老师个子高高的,皮肤白白的,待人和蔼可亲。第一节课,沃特老师先跟我们用汉语对话,接着就给我们每人取了一个英文名字,如陈明叫"戈尔",吴汉叫"杰克",我叫"汤姆"……从那以后,沃特老师总是直呼我们的英文名字。我觉得既新鲜又有趣。

沃特老师上课十分认真。我和同学们感到学英语比学汉语要难,不是念不准,就是记不住。沃特老师总是一遍又一遍地教我们念,手把手地教我们写,直到我们掌握为止。有天上午,课上完后,已是中午十二点了,我和几个同学对当天学的几个英语单词念不准,就去向沃特老师请教。正要去食堂吃饭的沃特老师连忙放下手中的碗筷,招呼我们坐下,教我们一边念一边写,直到我们会念能写为止,可这时食堂已经关门了。我们说:"真对不起,耽误了您吃饭。"沃特老师却笑了笑说:"没关系,我有干脆面。"

课余时间,沃特老师经常一边和我们做游戏,一边教我们学英语。有一次,沃特老师和我们一起玩击鼓传花的游戏。他要一位同学用手帕蒙住眼睛,用黑板擦不停地敲打桌子。当声音停下时,花落在谁手里,就由谁用英语说句话。我们怕说不好,心里直发怵。沃特老师鼓励我们说:"不要害怕,要敢说,要多练。"做完游戏,沃特老师还为我们准备了冷饮、面包、西瓜、"七匹狼"、"大风车"、"小风车"等小吃。大家吃啊,唱啊,跳啊,一直玩到下午六点多钟才回家。

二十天的英语培训班很快就结束了,沃特老师生动有趣的教学方法使我们对英语产生了浓厚的兴趣。

和蔼可亲,生动有趣

◇赏析/胡 杨

《沃特老师》写的是一位美籍老师沃特教学生学英语的故事。由于沃特老师的教学方法生动有趣,让学生初学英语时就对英语产生了浓厚的兴趣。

文章共写了三件事,可以归纳为:"沃特老师给我们取英文名,我们觉得新鲜有趣","沃特老师放弃午餐教我们学英语","沃特老师和我们一边做游戏一边学英语"。通过这三个事例,表现了沃特老师对工作认真负责,把教学渗透到生活中的优秀品质和良好的教学方法。

文章的作者站在儿童的角度,用儿童的眼光来看待身边的事,并用儿童的语言来讲述沃特老师对我们的教育,你看:"老师给我们取英文名"、"玩击鼓传花"、"老师为我们准备冷饮"这些无不体现出儿童的天真、活泼与好奇。

同时,整篇文章都于字里行间展现出作者对沃特老师的爱戴、欣赏与怀念。

教育心理学家曾说:"三岁前决定小孩的一生。"我并不以为然,人生有太多的机缘会改变你对事物的看法、做法,端看自己能否把握。

吾 爱 吾 师

◆文/小 草

　　我喜欢木棉。尤其每年四、五月木棉花开时,树上叶子尽落,只有火红的木棉朵朵绽放,似在昭告世人——看,不必绿叶的帮衬,我依然美丽夺目。那份自信,深深地震撼了我。

　　我若不是接受过两位小学老师的教诲,今天的我,必不是这样。

　　小时候,由于父亲生意失败,被人拐骗了一生的心血,积劳成疾,爆发严重肝硬化,医生硬是从鬼门关抢回一条命,但是,那时没有劳保,庞大的医药费,使得家中的开销成了沉重的负担。所以,我没上过幼儿园,而因为母亲得四处打工,我下课回家就要照顾年幼的弟妹当小保姆。

　　没有玩具的童年是我印象最深刻的事,常常拿把塑胶扇子当作娃娃身体,碎布、手帕成了她的衣裳,我就这样玩起了我的王子与公主。所以,我是自卑懦弱的,期末老师最常给的评语就是"乖巧文静、功课尚可"八个大字。

　　直到小学五年级分班时遇到了启发我创作、爱好文学的老师——林阿冉。他是一位外省籍的老先生,讲话有浓厚的乡音,从不发脾气。

在台北市的明星小学里，像我这样的学生通常是不起眼的。但在一次作文课中，我的文章得到全班最高分，老师在课堂上赞美了我几句，并要我在台前朗读这篇文章。

那是我第一次上台，记得当时紧张得双腿发抖、声如蚊蚋。老师一直叫我不要怕，说大声些。但心里的恐惧实在巨大，于是老师只好又叫班长复诵一次。当周我成了班上的风云人物。除了作文好外，被帅哥班长拿着作文簿朗读也是一件大事。

此外，令我最感窝心的是当时妹妹读一年级，只上半天课。若是留她一个人在家怕发生意外，于是母亲便叫我把她留在校园中，等到下课再一起回家。

有一次上课时，林老师在教室外看到了游荡的妹妹，问清缘由后，便把她带到教室的空位坐下。以后，只要妹妹下课便来我的教室旁听，顺便做功课，林老师有空时还会走过去指导一番。

没多久，双亲在板桥买了房子，遂要转学。当时我原本想悄悄地走的，哪知林老师在班上公开了此事，让我受到了同学的关心及祝福。那一刻，使我真切地相信自己是重要的。

到了板桥读的是一所实验小学，导师吴宗华则是另一个影响我的人。他硬逼我参加壁报、演讲比赛、合唱团和当班上的股长及小老师。我从不知道自己有这么多的才能，在台北读小学时，这些竞赛是怎么轮也没有我的份的。

尽管不是每项比赛皆能得到名次，但若没有吴老师的启蒙，今日的我怎能在台上面对上百人侃侃而谈而面不改色，甚至因为由内而外散发的自信风采，使得我的朋友越来越多，对功课也更积极地投入，在往后的求学生涯中一帆风顺。

教育心理学家曾说："三岁前决定小孩的一生。"我并不以为然，人生有太多的机缘会改变你对事物的看法、做法，端看自己能否把握。

又到了教师节前夕，仅以这篇文章表达我对两位恩师的怀念与感激。谢谢您！老师。

谢谢您！老师

◇赏析／冉彩虹

《吾爱吾师》是一篇描写师恩的文章,简单的故事蕴涵着深刻的哲理。作者在文中没有用优美华丽的词藻佳句煽情渲染,但平淡的叙述流露出了一种真情、实意、深爱。

文中的"我"小时候因为家庭的困窘,连幼儿园也没上过,也从没有玩具。在她的心里,世界是满天阴云密布的,充斥着忧伤和自卑,一直以来都没有足够的坚强和自信,读到这里我的心中也同她一样充满了忧愁与伤感。

这时,作者将笔锋一转,把读者带到了一个充满阳光的天地之间,这就是她遇到了改变她这种性格的老师。一位是"启发我创作、爱好文学"的林阿冉老师,一位是"硬逼我参加壁报、演讲比赛、合唱团和当班上的股长及小老师"的吴宇华导师。这两位老师让"我"看到了自己的能力,同时也找到了自信,"使得我的朋友越来越多,对功课也更积极地投入,在往后的求学生涯中一帆风顺。"

主人公在两位老师的启发下,前途是一片光明。读到这真为她高兴,也祝愿她有一个美好的前景,有一个完美的人生,同时,也想对两位老师道一声感谢,在他们身上,我看到了人民教师的伟大与崇高。通过这篇文章,我明白了一个人的潜能是巨大的,就像一粒花籽,只要遇上适宜的温度、合适的土壤、精心的园艺师,就可以开出美丽的花朵。

13

我怎能见到别人苦难
而自己丝毫不想分担？
啊，这样不行，永远不行，
永远永远也不行不行。

毕姆小姐的学校

◆文/[英]爱·凡·卢卡斯

　　毕姆小姐的学校在我已经久有所闻，但是直到上周才得机会前去拜访。

　　车夫把车停在一道古旧墙垣的门前，那里离城约有一里左右。就在等着找钱的工夫，那教堂的巍峨尖顶已从远方映入我的眼帘。我进前拉了拉门铃，街门竟无人而自开，这时呈现在眼前的是一座幽美的花园，对面为一栋方形红顶的宽敞房屋，属于乔治亚式，窗框厚重，作白色，见后颇予人以温暖亲切与安定之感。在整个院中我只见到了一个女孩，大约十一二岁，眼睛扎着绷带，另外便是牵着她穿行花坛之间的一个男孩，年龄比她又小三四岁。她突然停下脚步来，显然是在询问那来人是谁，于是他又似乎在把他见到的说给她听。然后他们便过去了，而这时我已走进了由一位满面笑容的女佣人——多么美好的景象！——为我打开的客厅房门。

　　毕姆小姐正是我心目中所准备见到的那种人物——中等年纪、很有威信、和蔼可亲、通达透彻。她的两鬓已渐发白，但她那丰腴的体态对于一个患着想家病的儿童的确不无一种慰藉作用。

　　闲谈了片刻之后，我便对她的教育方法提出了一些问题，而这些方法，据我听说，则是较单纯的。

　　"是的，"她回答道，"事实上我们这里并不进行大量教学。那些前来我们这里就学的儿童——年龄不大的女孩和甚至更小的男孩——所上的正式课程并不很多；往往不外是一些实用上所必需的东西，而且即使这些也只限于最单纯的性质——也即是加减乘除与作文练习之类。至于其余的课程，不是由老师阅读一些书籍给他们听，便是看图识物一类的课程，这时我们只要求他们专心听讲、遵守秩序就是了。实际上这就是我们的全部课程。"

　　"但是，"我插嘴道，"我曾一再听人们讲，你们的体系中颇有一些独创的地方。"

　　毕姆小姐笑了笑。"啊，是的，"她接着说，"现在我就准备来谈这个。这个学校的真正宗旨主要还不在教人如何思想，而在教人如何懂事——教授人情事理与公民知识。这是我个人的一贯理想，而幸运的是，社会上也竟有一些做父母的慨然给我以机会来进行尝试，以便把这种理想付诸实行。好了，暂时就先请您向窗外看看，怎样？"

　　我来到窗边，凭窗可望见下面一片广阔的花园，花园背后还有一个儿童的游戏场地。

　　"请问您看到了些什么？"毕姆小姐问道。

　　"我看到的是一片非常美丽的场地，"我回答道，"还有一群快乐的孩子；但是使我感到困惑的，甚至痛苦的是，我觉得这些孩子并不都像我所想像的那么健康和活泼。刚才我进来时就看见个小东西走路要人搀扶，因为眼睛有毛病；现在又看到了两个同类情形；另外站在窗下观看孩子们做游戏的那个女孩也拄着拐杖。她的腿看来已经无可救药了。"

　　毕姆小姐大笑起来。"噢，并不，"她道，"她并不真是个跛子；而只是今天轮到她扮跛子。另外那几个也不是盲人，而是今天是他们的'盲日'。"我这时的神气一定显得十分诧异，因为她又笑了。"看了这个，大概已经足够使你对我们体系的要点稍有了解。为了使这些幼稚心灵真正能够理解和同情疾苦不幸，我们必须使他们实际参加进去。所以一个学期当中，每个孩子都要过一个盲日，一个瘸日，一个聋日，一个残废日和一个哑日。例如在盲日那天，他们的眼睛便要被严格地绷扎起来，而把是否从带内偷看当成一件荣誉攸关的事。那绷带头一天夜里就要扎上；第二天一醒便什么也看不见了。这就意味着他们在每件事上都需要别人扶持，而别的孩子也被分派去帮助他们，引领他们。这会使那盲者和帮助他们的人都从中受到教益。"

"不过倒也不必担心那患者会短缺什么，"毕姆小姐接着说道，"每个人都是很体贴的，虽然这事说来不过是个玩笑，但是时间一长那痛苦就会明显地显露出来，即使是对比较缺乏同情心的人。当然盲日是最受罪的一天，"她继续说，"但有些孩子对我说哑日才是最可怕的。这时孩子们就要全靠发挥他们的意志力了，因为嘴是不绷扎的……现在就请您到园中去走走，这样可以亲自看看孩子们对这些的反响如何。"

16

毕姆小姐将我引到一个扎着绷带的女孩——一个可爱的小东西的面前，她绷带下的一双眼睛，我敢说，会像榛芽一般乌黑。"现在有一位先生前来和你谈话。"毕姆小姐做了这句介绍，便离开我们。

"你从来不从缝里偷看吗？"我用这句话打开了话题。

"噢，从来不，"她大声地说，"那就是欺骗了。过去我完全不知道没有眼睛是这么可怕。你真是什么也看不见。你会感到随时都会被东西撞着。只有坐下来会好一些。"

"你的向导们对你好吗？"我问她。

"还算不错。不过不如轮到我时那么耐心。自己当过盲人以后对人就特别好。什么都看不见真是太可怕了。但愿你也能来试试。"

"让我领你走走好吗？"我又问道。

"好极了，"她道，"我们就一起散散步吧。不过您得告诉我哪儿有东西要躲开。我真盼望这一天能早些过去。其他那些什么什么日并不像这盲日这么可怕。把一条腿捆了起来拄着拐杖走路甚至还很好玩，我是这么觉得。把一只胳臂绑上就痛苦多了，因为这样吃起饭来自己

不能使用刀叉,还有其他麻烦,等等;不过也还不太要紧。至于装聋的那一天,我也并不太怕,至少不太厉害。但盲日可是太吓人了。这时我总是觉得头疼,可能是因为要不停地躲避东西的关系,而其实好些地方并没有东西。现在我们走到哪儿了?"

"在操场上,"我回答道,"前面就是回去的路了,毕姆小姐正和一个高个儿女孩在地坛上踱来踱去。"

"那女孩身上穿的什么?"

"蓝哔叽裙和粉红短衫。"

"那可能是弥莉了,"她说,"她的头发什么颜色?"

"非常浅淡。"我回答道。

"对的,那就是弥莉。她是我们的级长,非常体面大方。"

"那里有位老人在捆扎玫瑰。"

"啊,那是彼得。我们这里的花匠。他已经是百岁老人了!"

"对面来了个穿红衣的黑发女孩,拄着拐杖。"

"对的,"她说,"那是蓓里尔。"

我们便这么走了一程,而就在我引着这小东西走路的过程中,我发现,出乎我的意料,我自己的同情心也比往常胜过十倍;另外,由于不得不把周围的种种说给人听,这样也使他人更多地引起我的兴趣。

当最后毕姆小姐前来解除我的责任时,我真是人有不忍离去之感,而且毫不隐讳地告诉了她。

"啊!"她答复我道,"如此说来我的这套体系也还是不无可取的地方吧!"

我告辞回城,一路上不断吟哦着(尽管照例不够确切)下面的诗句:

我怎能见到别人苦难
而自己丝毫不想分担?
啊,这样不行,永远不行,
永远永远也不行不行。

特殊的学校特殊的教育方式

◇赏析／冉彩虹

18

　　文章开篇点题,交代事情的起因——"久有所闻,但是直到上周才得机会前去拜访",简明扼要。

　　接着写了学校的外部环境,烘托出了学校的教育特色:安静、祥和,充满了温馨,给人以爱的熏陶。"我"凭窗看到的一段环境描写,对表现该校特殊的教育方法有制造悬念、引人关注的作用。见到小女孩"眼睛扎着绷带",一个小男孩"牵着她穿行花坛之间"的情景以及女佣人笑脸相迎。这三个镜头,拍摄出"多么美好的景象",预示了出场的主人公必然是个心灵美好、善良温和的人。这种渲染氛围、烘托人物性格的写法,起到了先声夺人的表达作用。

　　写采访的过程,开始是"我"与主人公——毕姆小姐的一问一答,为她"独创"的教育方法做好铺垫。从"我"凭窗朝下望开始,才让读者看到了一片全新美好的天地。作者用"我"的疑惑制造文章的悬念,再由主人公的解释和"我"同"盲女孩"的谈话解答疑惑,揭开真相,集中表现了毕姆小姐的仁慈、善良和教育特色,揭示了小说的主题。也就是毕姆小姐的教育理念——从小就要培养小孩的公民意识,学会关心他人和乐于助人。

> 十年树木,百年树人;插柳之恩,我怎
> 能忘。

老师领进门

◆ 文/刘绍棠

一九四二年新春,我不满六周岁,到邻村小学读书。

这个小学坐落在关帝庙的后殿,只有一位老师,教四个年级,四个年级四个班,四个班只有四十人。

老师姓田,私塾出身,后来到县立简易师范速成班受训三个月,十七岁就开始了小学老师生涯。田老师执教四十年,桃李满天下,弟子不下三千,今年已届古稀,退休归里十年了。

田老师很有口才,文笔也好。

开学头一天,我们叩拜大成至圣先师孔夫子的木主之后,便排队进入教室。每一个年级小学生,配备一位三年级的学兄带笔。田老师先给二年级和四年级学生上课,就命令三年级的学兄把着一年级学弟的小手,描红摹纸。

红摹纸上,一首小诗:

一去二三里,
烟村四五家。

亭台六七座，
八九十枝花。

田老师先把这首诗念一遍，串讲一遍；然后，以这四句诗为起承转合，编出一段故事，娓娓动听地讲起来。

我还记得，故事的大意是：

一个小孩儿，牵着妈妈的衣襟儿，去往姥姥家，一口气走出二三里；眼前要路过一个小村子，只有四五户人家，正在做午饭，家家冒炊烟；娘儿俩走累了，看见路边有六七座亭子，就走过去歇脚；亭子外边，花开得茂盛，小孩儿越看越喜爱，伸出指头点数儿，嘴里念叨着："……八枝，九枝，十枝。"她想折下一枝来，戴在耳丫上，把自己打扮得像个迎春小喜神儿；她刚要动手，妈妈喝住她，说："你折一枝，他折一枝，后边歇脚的人就不能看景了。"小孩儿听了妈妈的话，就缩回了手。后来，这八、九、十枝花，越开越多，数也数不过来，此地就变成一座大花园……

这个故事，有思想，有人物，有形象，有情趣。

我听得入了迷，恍如身临其境，田老师戛然而止，我却仍在发呆；直到三年级大学兄捅了我一下，我才惊醒。

那时候的语文叫国文，田老师每讲一课，都要编一个引人入胜的故事；一、二、三、四年级的课文，都是如此。我在田老师门下受业四年，听到上千个故事，有如春雨点点入地。

从事文学创作，需要发达的形象思维，丰富的想像力，在这方面田老师培育了我，给我开了窍。

我回家乡去，在村边、河畔、堤坡，遇到老人拄杖散步，仍然像四十年前的一年级小学生那样，恭恭敬敬地向他行礼。谈起往事，我深深感念他在我那幼小的心田上，播下文学的种子。老人摇摇头，说："这不过是无心插柳柳成荫。"

十年树木，百年树人；插柳之恩，我怎能忘。

插"柳"之恩，永生难忘

◇赏析／李明高

《老师领进门》是一篇文质兼美、情感至深的文章。作者是我国二十世纪五十年代初，中国文坛上被誉为"神童"的少年作家刘绍棠。作者讲述了小时候教他国文的田老师口才文笔皆好，而且每讲一课都要演绎一个引人入胜的故事，培养了他丰富的想像力，引导他走上文学创作道路的故事。

俗话说："老师领进门，修行靠自身。"一个这么知名的作家却说是一个十分平凡的小学老师把自己领进了文学创作的大门，老师的课堂魅力究竟何在？

细细品读那一个极其简单的故事，了解了田老师给学生编的故事中简单中蕴涵着的不简单。首先整个故事编得非常巧妙，将一首简单的诗歌，连缀成了一个十分流畅吸引人的故事；其次，整个故事展现给人的是一幅非常美丽的画面；此外，整个故事富于地方特色——这正是田老师的课的魅力所在！

田老师，是一个把自己的一片心血化成个个故事，点点春雨的老师。四十年后，我回到了家乡，在村边遇到了老师，望着白发苍苍，恩重如山的老师，所以作者感慨万千，写下了"十年树木，百年树人；插柳之恩，我怎能忘。"的肺腑之言，表达了作者对老师的无限的崇敬与爱戴。

> "如果,我任由你表现最擅长的部分,可能你还在练习最早的那份乐谱,就不会有现在这样的表现……"钢琴大师缓缓地说。

大师的学生

◆文/家　贤

一个音乐系的学生走进练习室。在钢琴上,摆着一份全新的乐谱。

"超高难度!"他翻动着乐谱,喃喃自语,感觉自己对弹奏钢琴的信心似乎跌到了谷底,消磨殆尽。

已经三个月了! 自从跟了这个新的指导教授之后,他不知道,为什么教授要以这种方式整人。

勉强打起精神。他开始用十指奋战、奋战、奋战……琴音盖住了练习室外教授走来的脚步声。

指导教授是个极有名的钢琴大师。授课第一天,他给自己的新学生一份乐谱。"试试看吧!"他说。乐谱难度颇高,学生弹得生涩僵滞、错误百出。"还不熟,回去好好练习!"教授在下课时,如此叮嘱学生。

学生练了一个星期,第二周上课时正准备让教授验收,没想到教授又给了他一份难度更高的乐谱,"试试看吧!"上星期的课,教授提也没提。学生再次挣扎于更高难度的技巧挑战。

第三周,更难的乐谱又出现了。同样的情形持续着,学生每次在课堂上都被一份新的乐谱所困扰,然后把它带回去练习,接着再回到

课堂上，重新面临两倍难度的乐谱，却怎么样都追不上进度，一点也没有因为上周的练习而有驾轻就熟的感觉，学生感到越来烦躁不安、沮丧和气馁。教授走进练习室。学生再也忍不住了。他必须向钢琴大师提出这三个月来何以不断折磨自己的质疑。

教授没开口，他抽出了最早的那份乐谱，交给学生。"弹奏吧！"他以坚定的目光望着学生。不可思议的结果发生了，连学生自己都惊讶万分，他居然可以将这首曲子弹奏得如此美妙、如此精湛！教授又让学生试了第二堂课的乐谱，学生依然呈现超高水准的表现……演奏结束，学生怔怔地看着老师，说不出话来。

"如果，我任由你表现最擅长的部分，可能你还在练习最早的那份乐谱，就不会有现在这样的表现……"钢琴大师缓缓地说。

成功的表现方法

◇赏析／张 洁

《大师的学生》讲述的是一个钢琴大师和他的学生的故事。一个音乐家的学生感觉自己永远跟不上指导教授的进度，他每周都会接到一份超高难度的曲子，而他前一周弹的曲子教授提也不提，他感到自己备受折磨，教授在用这种方式整人，他的精神陷入了无限的沮丧和气馁中。于是，当教授让他弹奏以前的乐谱，结果，他美妙的演奏令他自己都惊讶万分。文章以侧面描写为主。通过写学生面临的压力、学生的感受和出人意料的收获来表现大师的教学方法和教学效果。学生只是一个陪衬或一面镜子，是表现大师这个人物的依托。通过学生这面镜子的折射，我们看到了一个高明的老师。对大师的正面描写很少，但他简短的话语含义深刻，值得回味。

这个故事告诉我们：看似紧锣密鼓的工作挑战，永无歇止难度渐升的环境压力，实际上也在不知不觉中培养着我们的诸般能力。

如果你们没听到，就说没听到。如果你们没听懂人家的话，就老实告诉他们。假装知道是怎么回事，也许可以欺骗你们的同事，但是对你们自己，或你们的病人，是完全没有好处的。

毕生难忘第一课

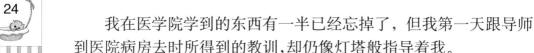

◆文/[美]戴维·哈斯拉姆

我在医学院学到的东西有一半已经忘掉了，但我第一天跟导师到医院病房去时所得到的教训，却仍像灯塔般指导着我。

在医学院的头两年，我们挨过了解剖学、生物化学以及所有其他看来无关的科学课程。终于，我们不用再浪费时间在那些临床前期学科上，可以去看看真正的病人了。我们六个学生紧张地站在内科病房里。

我们站在第一个病人的床尾，个个穿着挺括的白袍，口袋里插满了各类手册和医疗器具，但就是没有听诊器。导师要我们把听诊器留在护士室里。

我们的导师是内科的专科住院医生，他上上下下打量了我们一番。"这位是沃特金斯先生，"他说，"我们已经预先向他说清楚你们今天会来，他并不介意你们骚扰他。你们可以试试听他的心脏，不用焦急，慢慢听好了。他患的是二尖瓣狭窄症。这是个很典型的病例，你们以后未必有机会再见得到同样的病例。"

我们学过二尖瓣狭窄症的理论，知道患者其中一个心瓣的口会

变得狭窄。尽管我们从来没有真正听过心脏的杂音,但都能说出即将听到的声音会是怎样的:先是响亮的心搏声,即瓣膜打开时的扑通一声,然后是这种病特有的两声杂音。

导师把自己的听诊器递给我们。"不要急,"他对我们说,"用心听,沃特金斯先生瓣膜打开时那扑通一声是特别响的。"

我们轮流用听诊器认真地听。我们神情专注,不时点头。"噢,有了,听到了。"我们都这样说。我们人人一听到那些心跳时,就面露喜色。我们感谢导师对我们解释得那么清楚。

上完这堂课,我们回到护士室,坐了下来。"大家都明白了吗?"导师问。我们都点头。导师从口袋里取出一个小钳子,把他事先塞在听诊器管子里的大团棉花拉了出来。原来听诊器是失效的,根本不可能听到声音。我们谁也不可能听到心跳声,更不用说瓣膜打开的扑通声。

25

"以后千万别再这样,"他说,"如果你们没听到,就说没听到。如果你们没听懂人家的话,就老实告诉他们。假装知道是怎么回事,也许可以欺骗你们的同事,但是对你们自己,或你们的病人,是完全没有好处的。"

当时我们都觉得无地自容。到了二十五年后的今天,我终于体会到这可能是我一生中最重要的一堂医学课。

诚实是最可贵的品质

◇赏析／李　霖

医学院的学生毕生难忘的一课不是医学知识，而是导师关于诚实为本的教育，这说明诚实是很重要的。

面对特殊的病症，面对导师不厌其烦的讲解，大家神情专注，不时点头，而且"面露喜色"。学生真听到了什么吗？原来，导师在听诊器的管子里塞满了棉花，听诊器是失效的，根本不可能听到声音。此时的学生们，没有比"无地自容"更贴切的描述了。

导师制造假象是为了试探学生，考验学生，结果学生都没有通过考验。就是因为没有通过这次考验，导师才谆谆告诫学生要诚实做人，欺骗对自己、对病人都是没有好处的。

导师的教导给了"我"深远的影响，使"我"能在人生的旅途中坚持诚实的本性。无论一个人从事什么职业，诚实永远是生命中最可贵的品格。实事求是，脚踏实地，我们才能在人生道路上走好每一步！

26

我们被美好的情感滋润着,常常出神地忘记了自己,忘记了自己是生活在一个偏僻的小镇,忘记了学校是一座破旧的古庙。阴暗而又潮湿的教室仿佛变成了迷人的宫殿,智慧的星在我们心中闪光……

晨　　读

◆文/葛翠琳

　　三十年代,我的故乡还把铁轮大车当做长途交通工具,我甚至没听说过汽车。一般的家庭里没有钟和表,白天看太阳,夜里听打更人敲梆子报时辰。小孩子对时间的概念是不知道几点钟,只知道几更天。鸡打鸣,天蒙蒙亮,就背着书包往学校里跑。深沉的夜空,星儿眨动着眼睛。我快走,星儿也紧跟着我快走;我停住脚,星儿也站住不动。星儿代替妈妈送我去上学,我感到很快活。寂静的大街上,只有我模糊的身影移动着,嚓,嚓……前边传来脚步声,小巷子里又跑出几个影子来,小伙伴们呼唤着、追赶着,奔跑到学校。我们把星星关在门外,就坐在教室里摇晃着身子背诵课文,这节课就是晨读。

那时的教科书课文很简单,第一课:天亮了;第二课:弟弟妹妹快起来……天天朗读,背得烂熟,淘气的同学坐不住了,老师就利用这时间给我们读课外书,读完一本又读一本。

这位老师长着一副瘦小的身材,清秀的脸有些苍白,一双温柔而又善良的眼睛,时时闪出甜美的微笑。她讲话的声音很轻,但却很清晰,仿佛琴弦发出的悦耳声音。她是外省人,住在校园里西北角的一间小屋里。清晨,谁第一个到校,就能看见她屋子里的小油灯映在窗纸上的亮光。她一听到教室里有动静,就立刻走出自己的小屋,陪着到校的学生坐在教室里。等同学们都到齐了,她就给我们读有趣的书。每天读一篇,读完了让我们背诵,我们很快就背熟了。老师给我们读《格林童话》、《安徒生童话》和《叶圣陶童话》,我们都能背出来。老师还读过《万卡》、《爱的教育》等。那些生动的文章,深深打动着我们的心。教室里静悄悄,只听见老师一字一句地读着,她的声音温柔而又深沉,当她读到最感人的段落时,就停下来沉默着。这时候,几十颗幼小的心灵,就和老师一起思索着,眼睛里含着泪水,回味着作品中的情景。我们的心便飞到很远很远的地方。通过书认识了许多可爱的人,熟悉了许多有趣的事情,长了不少见识,了解了世界上的许多地方,欣赏着一幅又一幅悲哀而又感人的画面,在奇异的童话境界里漫游。我们被美好的情感滋润着,常常出神地忘记了自己,忘记了自己是生活在一个偏僻的小镇,忘记了学校是一座破旧的古庙。阴暗而又潮湿的教室仿佛变成了迷人的宫殿,智慧的星在我们心中闪光……

晨读，带我们走进知识的殿堂

◇赏析／李　霖

　　写老师的文章很多，有的写老师怎样关心学生，有的写老师风趣幽默，有的写老师知识广博……形形色色，各尽其妙。《晨读》另辟蹊径，从新的视角，写老师是怎样引领我们走进知识殿堂的。

　　在偏僻的小镇，对时间的掌握还靠打更人敲梆子和鸡打鸣，小伙伴天蒙蒙亮就赶着去上学，他们追赶着，呼唤着，奔跑到学校，感到很快活，这是去上晨读课。这是怎样的晨读课？善良又温柔的老师，带着甜美的微笑用悦耳的声音给"我们"读有趣的书呢。生动的文章把"我们"的心带到了很远很远的地方。在老师悦耳的声音中，"我们"认识了许多可爱的人，熟悉了许多有趣的事，增长了见识，认识了世界。"我们"的教室不再是一座破庙，它变成了迷人的宫殿。

　　文章集中笔墨写"我们"对晨读的兴趣，老师的模样，晨读的内容及给"我们"带来的影响，说明晨读对养成良好的读书习惯，培养美好的情感都至关重要。

从此以后，育人学校的学生中偶尔发现谁要动肝火了，旁边立即就会有人朗诵《骂人》和《打人》的诗句，提醒他们要消消气、醒醒头脑。

二 首 小 诗

◆文/吕长春

育才学校的老师、同学和工友，大家都是相亲相爱，像一家人一样，因为陶行知校长总是要用"爱满天下"这四个字来教育大家的。但是，这些学生们毕竟都是还没有成熟的孩子，相聚在一起，也难免会发生一些小摩擦，碰到这样的事，是批评吗？是训斥吗？是责怪吗？请看陶行知的好办法吧！

有一天下午，两个小同学为了一件小事翻了脸，在走廊里吵了起来，吵得可凶啦！双方互不相让，指责对方的话越讲越难听，最后竟至互相对骂起来了。说来也巧，刚巧被陶校长碰上了，他走过去，不动声色地注视着他们。两个学生在校长面前都感到有些窘了，但又不甘示弱，互相瞪了对方一眼，总算扭着脖子走开了。

第二天晨会上，陶校长说话了，昨天下午，看到两个同学发生了摩擦，越摩擦，火气越高，最后竟互相对骂起来了。现在，送一首小诗《骂人》给这两位同学，也给大家。接着校长就大声地朗诵了这首诗：

你骂我，我骂你。
骂来骂去，只是借人的嘴巴骂自己。

同学们明白了小诗的内涵,哈哈大笑,笑声刚落,随即有一个既聪明又大胆的同学高声说,我来和一首《打人》的小诗:

你打我,我打你。
打来打去,只是借人的手打自己。

同学们听罢都发出了赞赏的笑声,校长也连声称好。从此以后,育人学校的学生中偶尔发现谁要动肝火了,旁边立即就会有人朗诵《骂人》和《打人》的诗句,提醒他们要消消气、醒醒头脑。所以育才学校的同学们,天天生活、学习、劳动在一起,偶尔也会发生一些矛盾,但很少有骂人或打架的,这要比训斥、责怪的效果好得多,比讲大道理也奏效得多!陶行知的教育方法对我们终身受用。

爱 的 教 育

◇赏析/李　霖

陶行知是我国现代教育家,他认为大家在一起应该相亲相爱,像一家人一样,主张用"爱满天下"来教育学生。《二首小诗》就是陶行知在学校实行爱的教育的故事。

小学生在一起难免会磕磕绊绊产生矛盾,对学生之间的小摩擦,责备、训斥都只能起表面的作用,不能让学生心服口服。《骂人》和《打人》两首小诗时刻提醒学生骂人的人是粗野的人,打人的人更是蛮横的人,他们不仅粗野蛮横,而且十分愚蠢。因为他们骂了别人,别人也会骂他;他们打别人,别人也会打他。这种温和的教育方法比简单粗暴的责备、训斥要好得多,比讲大道理又来得实在。

陶行知的教育方法在当时的育才学校产生了很大的影响,对目前的学校教育也应该是很好的借鉴。

> 丁把世间万物都赋予了灵性,还分出了善恶,这样,听者会时而替善者紧张时而为善者欢呼,这完全是一个孩子理想的内心世界呀!

校园童话

◆文/李甜凤

32

那年我在农村教学时,在我的班上,有一个很善于讲童话故事的男孩。

这个男孩叫丁,他很得同学们的欢心。他能连续两天地讲他编的故事。但孩子的父母们都很讨厌他,因为听他讲故事的孩子们不是不学习就是连饭也不吃。

他留级的原因,就是因为他无休无止地讲故事。

听他原来的班主任说,他有时在自习课上就滔滔不绝地讲起来,而且一发不可收拾。听他故事的学生连老师进去也发觉不了。

那个班主任说,丁不但自己不做作业,也影响其他学生呢。令人奇怪的是,丁的数学成绩极棒。

于是,我就成了他的班主任。

我是既爱听故事,也会讲故事。

丁来到我班不久,班上就掀起了听故事热,一切进行完全是按照他原来的班主任说的那样。学生们大多不再按时完成作业了。更令我哭笑不得的是,我在课堂上提问他们时,他们会睁着茫然失措的眼睛

问：故事完了吗？

我也碰到过几次进教室不被他们发觉的时候，当时那个样子，就好比他成了老师，比我这个真正的老师还威望大大的呢。

他是不能再继续降级了，他的父亲——一个老实巴交的农民，哭着求我别让他惟一的儿子留级了。他说他儿子小学一毕业，他就决定不让他上学了，他能混个小学毕业，识几个字就算了。

我也把他叫到办公室单独与他谈心，办法是软的也用过，威胁的办法也用过。他在我面前也痛哭流涕过，也痛心疾首地发过誓。但是，隔不了一两天，他就又旧"病"复发了——我当时也觉得他是没治了。

有一天，自习课时，我发觉我班教室里安安静静的。不似其他教室那么乱哄哄的。我就猜到这家伙又在卖弄他的"嘴功"。就先把气按下，坐在后边的空位子上。

33

原来他讲的是他那长长的梦，在这个梦里，有会唱歌的树，有会说话的月亮，有会跳舞的水，有会走的高山……还有微笑的大地，这时，他们——故事的主人公都是我的学生们。在他的梦中还会驾云，在空中与风和雨大战……

我听着，也渐渐地入了迷，并能在眼前幻化一幅踩着云彩与恶风浊雨英勇作战的一幕。更有趣的是，在他们快失败时，不想听任风摆布的树会唱着英雄的歌为他们鼓劲，水也会跳着胜利在望的舞为他们加油，月亮就在一旁说着激励他们的话——如果他们胜了，大地会露出会心的笑容的。

丁把世间万物都赋予了灵性，还分出了善恶，这样，听者会时而替善者紧张时而为善者欢呼，这完全是一个孩子理想的内心世界呀！

那天，丁长长的"梦"故事在中间停顿时，我就第一个鼓起了掌。

后来，我了解到自从特别爱丁的母亲病故后，丁就开始失眠，偶尔的睡眠中，丁也是在轻飘飘的梦中与母亲相抱而哭——梦中的母亲披头散发，面目狰狞。小小的丁常吓得梦醒后不想再睡了，宁可忍受失眠的痛楚。

为了打发可怕的"失败"，丁开始胡思乱想，用想像中众人的力量来击败梦中母亲那可怕的拥抱。有时,他就着这胡思乱想睡着一会,奇怪的是,梦会顺着他的想像延续下去的。

那时,农村没有电视,也没有多少课外读物,漫长的冬季的夜……孩子们的生活确实单调枯燥,听人讲故事也在常理之中。

我也就开始安排了每周一节的"讲故事"课,讲者就是丁。并让他每讲完一次就用笔写下来。还有一个任务就是:把他古怪的梦写下来,第二天交给我。

谁知这么一来,他反倒不失眠也不做梦了。他不好意思地挠着后脑勺说他一提笔,想到那些字、词,就有了困意,写不了几行字又呵欠连连,有时则伏桌大睡。

从此,丁的讲故事到此结束。

我就来上"讲故事"那一课,看到我的学生每天盼望周五下午的"讲故事"课的那样子,我预感到我的学生是学文的。

在他们上四年级时,我又让他们像丁一样把我讲的故事用笔按他们自己的思路记下来也行写"听后感"也行。周一交给我看,否则,我就取消讲故事这一课。

这活动开展没一个月,他们就讪讪地对我说:"老师,要不,把'讲故事'这一课停了吧。"那神态,是很真诚的。

他们这一届小学毕业第二年,我也调离了那个学校。有一年,我因事去那所学校,校长告诉我,当年我教的那一届学生,是这些年来考上大学最多的一届,而且学的全是理科。

而那个叫丁的男孩子居然考进了凉城的重点大学,学的也是理科。

冬天里的童话

◇赏析／卢丽丽

　　本文讲述了一个既爱听故事、也会讲故事的老师和一个很善于讲童话故事的男孩之间的故事。由于丁爱讲故事，影响了其他学生，受到了老师严厉的批评。在老师觉得他没治后的一天，无意中听到了他讲的梦，不禁为之震撼，"这完全是一个孩子理想的内心世界呀！"此后，细心的老师了解到了丁失眠、爱做梦的原因。于是，对于当时觉得没治了的丁，老师采取了"以毒攻毒"的办法，安排丁每周一节的"讲故事"课，并要他把古怪的梦写下来，第二天交上来。谁知这么一来，丁反倒不失眠也不做梦了。多年以后，丁居然考上了重点大学，而且学的是理科。

35

　　因为有爱的滋润，百花即使在冬天也能盛开，树苗在冬天也能生长，小草在冬天也能发芽，小河在冬天也能流淌；因为有老师正确的教导，在漫长的冬季，孩子们的生活不再单调，丁不再失眠做梦，而一再降级被父亲决定只能混个小学毕业的他也考进了凉城的重点大学。这一切的一切，都创造了一个冬天里的童话。

一份份沾满爱的优点单,在孩子们的记忆库里留下了美好的记忆。那上面不仅有生性快乐、淘气且逗人的马克,三十三个可爱的孩子,还有宽容、有爱心、体贴学生的老师。

优　点　单

◆文/〔美〕海伦·P·摩尔斯拉

一

那时候我在缅因州莫里斯的圣玛丽学校,他在我教的三年级一班。三十四个学生都喜欢我,而马克·埃克隆尤其突出,他外表整洁,生性快乐,偶尔淘气也显得逗人。

但马克爱讲小话。我一次又一次提醒他,上课不经允许而讲话是不能容忍的。给我深刻印象的是,每当我批评他不良举止时他所做出的反应——"谢谢您纠正我,姐!"尽管他说得诚恳,但第一次听见时我还真不知怎么好。但不久也习惯了,一天听他这么说好多回。

一天上午,马克讲得太多了,我克制不住,犯了一个见习教师式的错误。我正视马克:"如果你再讲一句话,我就把你的嘴封起来!"

刚过了不到十秒钟,查克脱口告发:"马克又讲话了。"我并没有要学生帮我监督马克,可因为我当着全班陈述过我的惩罚,我不得不付诸行动。

　　当时的情景我没忘,如同发生在今天早上。我走到我的桌旁,从容拉开抽屉,拿出一卷胶纸带。没说一句话,走到马克课桌旁,撕下两条胶纸带,在他嘴巴上贴出一个老大的"×"。然后返回教室前面。

　　我瞥一眼马克,看他怎样反应,他朝我直眨巴眼睛,就这样!我笑开了。全班喝彩。我又走到马克身边,揭掉胶纸,并耸耸双肩。他说的第一句话就是:"谢谢您制止我,姐。"

　　这年年底,学校要我改教初中数学。日月如梭,马克不知不觉又坐进我的教室了。他比以前更标致,也更礼貌了。由于他得认真听我讲解"新的数学",九年级时讲小话没有三年级时多了。

　　一天星期五,课堂感觉不轻松,整个星期都在为一个新概念而吃紧,学生们有些灰心——每一步都进展缓慢。我得赶快设法消除这种急躁情绪。于是我要他们用两张纸,写下其他同学的名字,每个名字后面留出空白,空白里列出这个同学的全部优点。

　　这堂课的剩余时间就完成这一任务,每个同学离开教室时,都交给我各自对全班同学的最好评语。查利笑了。马克说:"谢谢您讲课,姐。周末愉快。"

　　那个星期六,我用三十四份纸,分别写下每个学生的名字,然后在每个名字后面抄下其他人写的这个学生的优点。星期一再把这些优点单发给他或她自己,有些评语多达两张纸。不一会儿,整个教室都笑了。"真的?"我听到窃窃私语:"我可没料到这会对谁有什么意义!""没想到有人会这么喜欢我!"

　　此后,没人再在课堂里提及这事,我也不知道他们下课后互相之间、或在跟父母在一起时讨论过没有,不过这也没什么大不了的。演习达到了它的目的,学生们对人对己都恢复了信心。

二

　　那一批学生继续深造。若干年后,我一次度假回来,父母到机场接我,驱车回家,母亲照例问我一些旅行经历——关于气候,关于我的见闻感受。谈话短暂停顿。母亲斜眼扫一眼父亲，提醒什么似的说："老头子？"父亲清清嗓子，每当讲出什么重要事情前他总是这样。"昨晚埃克隆家打来电话了。"他开口说。

"是吗？"我说，"好些年没听到他们的消息了。不知马克如今怎样。"

父亲平静地回话："马克在越南死了，明天举行葬礼，他的父母希望你能出席。"直到今天，我仍能指出父亲告诉我马克噩耗时的确切地方。

我还从未看见军人躺在军用棺材里。马克看上去很帅很成熟。当时我一门心思地想："马克，只要你开口对我说话，我可以销毁全世界的胶纸带。"

教堂里挤满了马克的朋友。查克的妹妹唱《共和国之战圣歌》。葬礼的日子里怎么下雨啦？坟场边泥泞难行。牧师念了祷文，号手放了录音。爱戴马克的人们一个一个绕灵柩走一圈，洒圣水。

我最后一个在墓前划十字，肃立志哀。战士们中抬棺的一位走到我跟前。"您是马克的数学老师吧？"他问。我点头，眼睛没有离开灵柩。"马克讲过您的许多事情。"他说。

葬礼之后，马克过去的大部分同学都去了查克的农场家中用餐。马克的父母也在那里，显然都在等我。

"我们要让您看一样东西。"马克父亲说，从口袋里掏出皮夹，"这是马克死时他们在他身上找到的，我们想，您认得它。"

打开皮夹，他小心抽出显然是马克随身携带的、曾经打开折合过许多次的两张笔记本纸。我一眼就认出是全班同学列出的马克的优点单。

"非常感谢您费过的这番苦心，"马克母亲说，"正如您看见的，马克视若珍宝。"

马克的同学们开始围上来。查克显得忸怩不安，笑着说："我一直保存着我那一份，放在家里桌子最上层的抽屉里。"查克的妻子说："查克要我把这个夹在结婚纪念册里。""我的也还留着。"玛里琳说。接

着,另一位同学维基把手伸进提包,从皮夹里取出全班同学写给她的优点单,已经磨薄缺损了。"我随时随地带着它,"维基眼睛一眨也不眨,"我想我们都保留着我们的优点单。"

我一下子跌坐下来,哭了,我哭马克,哭所有的朋友们再也看不到马克了。

爱 的 维 系

◇赏析／卢丽丽

师生情、友情是人类情感中重要的部分,缺少这些,我们生活在这个世界上也许就会感到孤独、寂寞。师生情能使你在寒风中感受到老师给予的温暖;友情,能使你在无助之中感受到朋友向你伸出的援助之手。夜里的悲伤,日里默默在墙角下的徘徊,老师、朋友都能成为你倾诉的对象。

一份份沾满爱的优点单,在孩子们的脑海中留下了美好的记忆。那上面不仅有生性快乐、淘气且逗人的马克,三十三个可爱的孩子,还有宽容、有爱心、体贴学生的老师。这一份份优点单,不仅维系着同学们之间深深的友谊,也维系着老师与学生之间浓厚的感情。因此,马克到去世也随身携带着这曾经打开又折上过许多次的优点单。其他的同学也都保留着他们的优点单,有的放在家里桌子最上层的抽屉里,有的夹在结婚纪念册里,有的放在随身携带的皮夹里……这一份份的优点单,都成为孩子心目中最珍贵的东西。

> 因为有幸受过这种板子的学生大约多
> 半会像我们一样:在成为弗洛斯特女士的崇
> 拜者的同时,独享这一份秘密。

独享"体罚"的秘密

◆ 文/[美]兰妮·麦克穆林

在我们镇上住了三十多年的弗洛斯特女士,差不多成了全镇老少的严师,让大家都服膺于心。我不知道她是如何走进众人的心底的。至于我,那是因为一次难忘的体罚:挨板子。

那是一次数学考试。考试前,弗洛斯特女士照例从墙上把那著名的松木板子取下来,比试着对我们说:"我们的教育以诚实为宗旨。我绝不允许任何人在这里自欺欺人,虚度时日。这既浪费你们的时间,也浪费我的时间,而我早已年纪不轻了,奉陪不起——好吧,下面就开始考试。"

说着,她就在那张宽大的橡木办公桌后坐了下来,拿起一本书,径自翻了起来。

我勉强做了一半,就被卡住了,任凭绞尽脑汁也无济于事。于是,我顾不得弗洛斯特女士的禁令,暗暗向好友伊丽莎白打了招呼。果然,伊丽莎白传来了一张写满答案的纸条,我赶紧向讲台望了一眼——还好,她正读得入神,对我们的小动作毫无察觉。我赶紧把答案抄上了试卷。

这次作弊的代价首先是一个漫长难熬的周末。晚上,又翻来覆去难以入眠。早就听人说过,教室里一只蚂蚁的爬动也逃不过弗洛斯特女士的眼睛。这么说,她现在只是故意装聋作哑罢了。思前想后,我打定主意,和伊丽莎白一起去自首。

周一下午,我们战战兢兢地站到了老师身边:"我们知道错了,我们以后永远不做这种事了,就是……"(没说出口的是"请您宽恕!")

"姑娘们,你们能主动来认错,我很高兴。这需要勇气,也表明你们的向善之心。不过,大错既然铸成,你们必须承受后果——否则,你们不会真正记住!"说着,弗洛斯特女士拿起我们的试卷,撕了,扔进废纸篓。"考试作零分计,而且——"

看到她拿起松木板子,我们都惊恐得难以自持,连话也说不清楚了。

她吩咐我们分别站在大办公桌的两头。我们面面相觑,从对方的脸上看到自己的窘态。"现在你们都伏在自己身边的椅背上——把眼睛闭上,那不是什么好看的戏。"她说。

我抖抖索索地在椅背上伏下身子。听人说,人越是紧张就越会感受到痛苦。老师会先惩罚谁呢?"啪"的一声,宣告了惩罚的开始。看来,老师决定先对付伊丽莎白了。

我尽管自己没挨揍,眼泪却上来了,"伊丽莎白是因为我才受苦的!"接着,传来了伊丽莎白的呜咽。

"啪!"打的又是伊丽莎白,我不敢睁开眼睛,只是加入了大声哭叫的行列。

"啪!"伊丽莎白又挨了一下——她一定受不了啦!我终于鼓起了勇气:"请你别打了,别打伊丽莎白了!您还是来打我吧,是我的错!——伊丽莎白你怎么了?"

几乎在同时,我们都睁开了眼睛,越过办公桌,可怜兮兮地对望了一下。想不到,伊丽莎白竟红着脸说:"你说什么?是你在挨揍呀!"

怎么?疑惑中,我们看到老师正用那木板狠狠地在装了垫子的座椅上抽了一板:"啪!"哦,原来如此!

——这便是我们受到的"体罚",并无肌肤之痛,却记忆至深。在弗洛斯特女士任教的几十年中,这样的"体罚"究竟发生了多少回?我无从得知。因为有幸受过这种板子的学生大约多半会像我们一样:在成为弗洛斯特女士的崇拜者的同时,独享这一份秘密。

别样的尊敬

◇赏析／卢丽丽

在你求学的时候,考试作过弊吗? 当你考试作弊的时候,老师是怎样惩罚你的呢?是口头批评,全班通告,还是体罚?留给你的印象深刻吗?当你读了《独享"体罚"的秘密》之后,脑海里会不会记起点什么呢?

《独享"体罚"的秘密》塑造了一位"以诚实为宗旨","绝不容许任何人在这里自欺欺人,虚度时日"的严师形象。这个形象让那些偶尔一次作弊成功的学生也感到一种后怕。对于两位主动承认错误的学生,老师却让她们独享了一份"体罚"——用木板狠狠地抽装了垫子的座椅,使她们饱受了心灵之煎熬。这份"体罚"虽无肌肤之痛,却记忆至深。

老师以别样的方式教育学生,让学生自我反省,自我体悟。在我们看到一位严师形象的同时也对这位老师产生了一种别样的尊敬。

蓝眼睛,棕眼睛

◆文/佚　名

　　铃声未响,女教师琴思就快步走进了三年级教室。细心的女生们发现:今天,老师的神情有些异样,一种不可名状的忧郁在她的眼睛里闪烁……

　　不过,当她的目光与孩子们相遇时,眼中似乎又漾起了一丝笑意。"瞧瞧你们眼睛的颜色吧,"她说,"依我看,棕色眼睛的人要比蓝色眼睛的人聪明、干净,你们说是吗?"

　　棕眼睛的学生互相瞅着,他们对老师的话感到困惑;而蓝眼睛的学生则开始不安地骚动了起来。在这个班上,有十七个学生是蓝眼睛,而另外十一个是棕眼睛。

　　"蓝眼人的记性就是不如棕眼人,是吗?"老师继续问道。

　　沉默片刻后,只听见棕眼学生纷纷赞同:"没错,老师说得对极了!"一个棕眼学生甚至轻蔑地瞥了一眼他的蓝眼同桌。

　　下课了,在老师指挥下,棕眼学生可以像往常一样饮用沙滤水,但蓝眼学生却被莫名其妙地剥夺了这个权利。"这是为什么?"有个蓝眼女孩吃惊地发问,她睁得大大的眼睛中满是愤怒和不平。

"因为——因为你们蓝眼人就是不行!"一个棕眼男孩得意地说。

女教师继续在玩"魔术"。下课时她让棕眼学生多玩了五分钟,午餐时她又让他们优先买菜和用餐。而蓝眼学生只能可怜巴巴地呆在一旁……

又开始上课了。琴思问:"谁来坐在前排?""当然是我们棕眼人喽!"几个棕眼学生得意地大嚷。当孩子们将自己的桌椅搬向各自的新位置时,教室里闹哄哄地乱作了一团。

"以后,蓝眼人要受到邀请才能和棕眼人一起玩。"老师宣布道,"不过,棕眼人要想和蓝眼人一起玩,事先最好郑重考虑一下,你的棕眼朋友对你这么做会有什么看法……"

开始提问了。如果一个棕眼学生回答问题时结结巴巴,琴思就连声说"没关系",并耐心地帮助他;但要是个蓝眼学生笨嘴拙舌时,她就连连摇头叹气,并喊一个棕眼学生来纠正他……

就这样,"蓝眼睛"似乎已成了"愚蠢"的代名词。课间休息时,再也没有棕眼学生邀请蓝眼学生一起游戏了。蓝眼人这下可真是窝囊透了!他们的表情、眼神、步态乃至说话的口气都显得分外沮丧,就像一群斗败了的公鸡。他们所做的作业也反常的错误百出,他们的表现似乎越来越证实:他们真的低人一等。相比之下,棕眼人则显得如此聪明伶俐而讨人喜欢,他们也开始深信自己要比蓝眼人高贵……

第二天早晨,上第一节课时,棕眼学生却个个傻了眼——原来,琴思老师完全改口了。"昨天我弄错了,"她说,"事实上,应该是蓝眼人比棕眼人高贵。"棕眼学生顿时像泄气的皮球,而原本沮丧万分的蓝眼学生却哈哈大笑了起来——但笑声中却带着疑惑。

接着,同前一天相似的"魔术"又一次地玩了起来。不过,这次蓝眼人对棕眼人要宽宏大量一些——也许,这是由于他们已经尝过了受人歧视的痛苦?也许,他们动了恻隐之心?但尽管这样,这天放学前,教室里乱哄哄的,孩子们的蓝眼睛和棕眼睛里都冒着敌对的火花;而琴思坐在一旁,嘴角伤心地抽动着……

"孩子们,想一想吧,"她突然发问道,"这两天我们干了什么傻

事?"孩子们都愣住了。"难道眼睛的颜色真的能决定人的优劣吗?"她继续问道。

"不能!"孩子们很快领悟了老师的意思。

"那么,现在你们一定明白了:种族歧视是多么荒谬啊!"她说。

随后,蓝眼人和棕眼人重新拉起了手。他们簇拥着女教师,女教师则紧紧搂着他们——蓝眼睛、棕眼睛,每个人眼中都泪光闪闪……

爱 的 教 育

◇赏析/冯 磊

《蓝眼睛,棕眼睛》讲述了女教师琴思的一种特别的教学方法。琴思以孩子们眼睛的颜色为由,首先宣布棕眼睛的人比蓝眼睛的人聪明、干净,让棕眼睛的孩子享受了优待,觉得自己高贵,而蓝眼睛的孩子则饱受了歧视之苦。接着,第二天,又宣布蓝眼睛的人比棕眼睛的人高贵,让棕眼睛的孩子也尝试了受人歧视的痛苦。最后,老师提问"难道眼睛的颜色真的能决定人的优劣吗?"于是,蓝眼睛和棕眼睛的孩子根据自己切身的体验明白了"种族歧视是多么荒谬啊!"随后,蓝眼人和棕眼人重新拉起了手,互敬互爱。

从《蓝眼睛,棕眼睛》中我们看到了一位有情趣的教师。她注重创造性教学,善于设置教学情境,让学生自己切身去体验,去感悟,从而让学生明白深刻的道理。

45

一天天一年年我们在校园里茁壮成长，从懵懂孩童到青春飞扬，然后进入社会大舞台搏击人生。老师谆谆教诲的深情是我们前行的灯火，给我们温暖、力量和信念……

美丽如茉莉的情谊

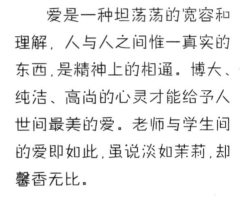

爱是一种坦荡荡的宽容和理解，人与人之间惟一真实的东西，是精神上的相通。博大、纯洁、高尚的心灵才能给予人世间最美的爱。老师与学生间的爱即如此，虽说淡如茉莉，却馨香无比。

> "要发奖了!"有人喊了一声,同学们的
> 目光都聚到主席台上。

"三好生"

◆ 文/陈庆苞

上小学的时候,从一年级到五年级,他从未当过"三好生",也从未想过当"三好生",尽管他成绩不错,表现也很好。

村子很偏僻,村子的东北方向有一个军营,军营子女就成了学校里的一个特殊群体。他们穿戴干净,长得也漂亮,不像农家子弟即使是大冬天也敞着怀,鼻子下常常挂着鼻涕;他们还能给老师捎一些在地方上买不到的东西,自然就比农家子弟"得宠"。村里的孩子只要不是很出色,很难引起老师的注意。他那时很自卑。

五年级临放寒假时,学校照例在小操场上召开表彰会,"三好生"上台领奖往往是表彰会的高潮。校长在上面讲话,学生在下面说话,老师在后面吸烟,整个操场乱哄哄的什么也听不见,他坐在下面低着头想自己的心事。

"要发奖了!"有人喊了一声,同学们的目光都聚到主席台上。被喊到的大都是军官子女,他们不像农家子弟那样红着脸到主席台上拿了(甚至可以说是"夺了")奖状就跑,而是大大方方,到主席台上先向校长敬少先队礼,然后双手接过奖状,再昂首挺胸地走回来。他很

羡慕他们。当然仅仅是羡慕，即使夜里做一百零八个梦也不会梦见自己当"三好生"，他觉得"三好生"不是他这种人当的。直到旁边的"大棍"用胳膊肘捅他，"快！校长喊你到台上领奖，你是'三好生'啦！"福星真的照到了自己的头上。他简直不知道该怎么办才好，激动得不知所措。

"快去呀！"旁边的几个人叫道。

就这样，在小学临近毕业的那个学期，他第一次被评上了"三好生"。

领奖的时候，为了替农家子弟争回些面子，他走得郑重其事。到主席台上，他也像军官子女那样向校长敬了一个标准的少先队队礼。

接下来，就该双手接奖状了。

"你来干什么？"校长的神色奇奇怪怪，脸上没有一丝笑容。

"我来……领奖呀。"他不明白，为什么校长对别的"三好生"笑容可掬，惟独对他冷冰冰的。他有些委屈。

"领什么奖?！"校长一下子暴怒起来，"简直是胡闹！"

他一下子懵了："不是你喊我来领奖的吗？"

"我叫你来领奖?"校长把"三好生"名单往他面前一递，"你看看，上面连你的名字都没有，我会叫你来领奖？"

他听到身后传来了同学们的笑声。当时肯定全场都笑了。平时有哪位老师上课走错了教室，学生都能当笑话说上一个月，像今天这种情况能不让人笑岔气？只听"大棍"一边笑一边大声嚷嚷："哎，他信了！他信了！"

这时他才知道自己被人捉弄了，当着这么多人的面。他无地自容，转身就跑。

他的班主任，一个不苟言笑、做事认真得近乎古板的人，走过来拦住他："别走，这次'三好生'有你呀。"

全场一下子静了下来。

班主任走到校长面前："这次'三好生'有他。怎么能没有呢?我明明记得有嘛。"

校长生气地把名单递给他。他仔细地看了两遍，一拍脑门："哎呀，你看我！我写名单的时候把他漏掉了，都怪我！"

校长脸一沉："胡闹！亏你平时那么认真，也能出这种错！现在怎么收场？"

全场静得出奇。

班主任把上衣口袋里的钢笔拿下来递到他手上："没有奖状和红花了，这个奖给你吧。"班主任平时常穿一件蓝色中山装，上衣口袋里常常别着一支钢笔，钢笔的挂钩露在外面，在阳光下白灿灿的，常引得学生羡慕不已。要知道，那个时候对一个农村孩子来说，钢笔还是奢侈品啊！

那个寒假，他过得既充实又兴奋。他拥有了第一支钢笔，最主要的是，这支笔代表着一种荣誉，是自己应该得到的奖品。他的自卑感一下子消失了，从此和"三好生"结下了不解之缘，直到高中毕业，进入大学。

他当时对班主任虽有感激，但更多的是埋怨。埋怨他一时的疏忽让自己在众人面前出了丑。要是领奖那天没有那令人难堪的一幕该有多好！他常这样想，并遗憾万分。从此以后，无论在校内校外，他见了班主任总觉得不自在，尽量躲着走。班主任一笑置之，待他如故。

二十年后，他已是某中学的一位班主任。

一天，他向妻谈起了往事，提到他当年的班主任，那个平时不苟言笑、做事认真得近乎古板的人。

"你说，他那么认真的一个人，怎么能把我漏掉呢？"他感慨道。

妻子笑吟吟地反问道："他那么认真的一个人，怎么能单单把你漏掉呢？亏你现在还是班主任。"

半晌无语。夜半，他披衣而起，两眼含泪，拿起信笺……

笑后有泪，假中见真

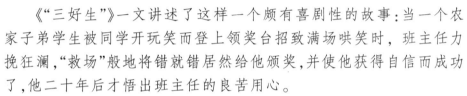

◇赏析/王书文

《"三好生"》一文讲述了这样一个颇有喜剧性的故事:当一个农家子弟学生被同学开玩笑而登上领奖台招致满场哄笑时，班主任力挽狂澜，"救场"般地将错就错居然给他颁奖，并使他获得自信而成功了，他二十年后才悟出班主任的良苦用心。

文章颇有可读性,为什么让人笑后有泪,觉得假奖中见真情呢?

抑扬顿挫，尺水兴澜。文章开头农家子弟在那小学难以"得宠"获奖，是谓一"抑"；接着写"大棍"说校长喊他上台领奖，加之旁边几个叫他上台领奖，这是一"扬"；谁知意想不到的事发生了:校长说三好生没有他，"全场都笑了"，这是大跌大"抑"；又谁知班主任说"这次'三好生'有他"，并宁愿让校长批评，承担漏掉的责任，公奖私掏——奖自佩钢笔，这又是一"扬"，且进入情节高潮。后他对班主任误解埋怨，又"抑"；待二十年后他经妻提醒明白当年班主任怕伤自己自尊而顺势颁奖之深情时，他两眼含泪，班主任的形象才更高大，他的情感之潮才更澎湃难平。

对比对话，写活人物。校长的暴怒质问与班主任拦住他拿钢笔作奖的对比，农家子弟与军营子弟的对比，会场上的大笑与"静了下来"的对比，他对班主任的误解与班主任的"待他如故"的对比，他二十年来对班主任的耿耿于怀与一经妻子点醒而"夜半含泪写信"对比以及其中对话描写，写活了这个善于呵护受损心灵、培植弱小花朵的人类灵魂的工程师。

> 这八个字仿佛是一束温暖的阳光直射
> 我的心田,这八个字抚慰了我受伤的、幼小
> 的心灵,这八个字改变了我对人生的看法。

难忘的八个字

◆文/[加拿大]伯　德

52

随着年龄的增长,我发觉自己越来越与众不同。我气恼,我愤恨——怎么会一生下来就是裂唇!我一跨进校门,同学们就开始讥嘲我,我心里清楚,对别人来说我的模样令人厌恶:一个女孩子,有着一副畸形难看的嘴唇,变曲的鼻子,倾斜的牙齿,说起话来还结巴。

同学们问我:"你嘴巴怎么会变得这样?"我撒谎说小时候摔了一跤,给地上的碎玻璃割破了嘴巴。我觉得这样说,比告诉他们我生出来就是兔唇要好受点。我越来越肯定:除了家里人以外,没人会爱我,甚至没人会喜欢我。

二年级时,我进了老师伦纳德夫人的班级。伦纳德夫人很胖,很美,温馨可爱。她有着金光闪闪的头发和一双黑黑的、笑眯眯的眼睛。每个孩子都喜欢她,敬慕她。但是,没有一个人比我更爱她。因为这里有个很不一般的缘故——

我们低年级同学每年都有"耳语测试"。孩子们依次走到教室的后边,用手捂着右边的耳朵,然后老师在她的讲台上轻轻说一句话,再由那个孩子把话复述出来。可我的左耳先天失聪,几乎听不见任何

声音,我不愿把这事说出来,因为同学们会更加嘲笑我的。

不过我有办法对付这种"耳语测验。"早在幼儿园做游戏时,我就发现没人看你是否真正捂住了耳朵,他们只注意你重复的话对不对。所以每次我都假装用手盖紧耳朵。这次,和往常一样,我又是最后一个。每个孩子都兴高采烈,因为他们的"耳语测试"做得很好。我心想老师会说什么呢?以前,老师们一般总是说:"天是蓝色的。"或者"你有没有一双新鞋?"等等。

终于轮到我了,我把左耳对着伦纳德老师,同时用右手紧紧捂住了右耳。然后,悄悄把右手抬起一点,这样就足以听清老师的话了。

我等待着……然后,伦纳德老师说了八个字,这八个字仿佛是一束温暖的阳光直射我的心田,这八个字抚慰了我受伤的、幼小的心灵,这八个字改变了我对人生的看法。

这位很胖,很美,温馨可爱的老师轻轻说道:

"我希望你是我女儿!"

话在意料外爱在情理中

◇赏析/王书文

    这是写小孩子上小学二年级时发生的一件小事,然而它却有巨大的震撼人心的力量,这是为什么呢?

    文章通过美丽的女教师伦纳德老师的嘉言美行告诉我们——这个世界对每一个人都应该是平等的,应该充满博爱,而不应歧视某个人,这才是对人性的最大化的张扬。

    文章通过一个欧·亨利式的结尾见巧,即老师的"耳语游戏",对有先天裂唇,而且患有左耳先天失聪的"我"是多么无奈,"我"面临着最后一点点尊严将会失去,会雪上加霜,"我"为了维护这点尊严竟对着最尊敬的老师"作弊"——"悄悄把右手抬起一点",这有可能招致老师的批评,至少是不悦。可"我"意外地听见老师说"我希望你是我女儿!"这句话说明善解人意的老师早已洞悉了"我"的苦衷。这句话包含有无穷的潜台词,可理解为:我是美丽的,我的女儿是美丽的,你当然很美;我的女儿应该是机智的,你的机智像我女儿;我希望有你这样自信自强而可爱的女儿等等。

    所以,这句如天外仙音的结尾语震撼了"我",同时也震撼了我们。

> 如果,我们是老师的彩虹,那么,老师就
> 是我们的太阳。太阳照射到泪水,折射出一
> 道道的七彩色光,映出了我们如彩虹般的未
> 来……

太阳和彩虹

◆ 文/夏 蓁

永远忘不了,那位个子不高、大眼、迷人,又总是笑容可掬的老师。他陪着我们一同成长,牵着我们的手走过青春岁月,与我们一起经历了所有的喜怒哀乐……

小学三年级我搬了家,转学到一所全新的学校。带领我们的老师,是个刚从大学毕业的"大小孩",但他却能牢牢地抓住我们的心。于是我们的故事,就在蝉鸣声下一点一滴地展开了。

还记得"豆豆龙"卡通吗? 当时我们都好喜欢,所以无论是书包、衣服、文具……无一没有豆豆龙的图案。甚至上课时,我们还是在桌底下画豆豆龙,并和同学一起偷偷交换心得。天真的我们,以为老师根本不会发现我们偷耍些什么花样。

其实,老师早已看穿了我们的小把戏。直到老师把"豆豆龙信箱"挂在教室后的布告栏上,我才发觉老师的用心良苦,有着一种特别的感动。此后,我们不再吝啬,愿意和老师一起分享所有的心情。而那个"豆豆龙信箱",则成为我们和老师情感交流的媒介。

老师的处罚方式很特别,反而是在爱说话的小朋友脸上画豆豆

龙,但我们从不觉得反感,总是在欢笑声中度过。老师边笑边画,所以总是画得歪歪扭扭的,让人觉得,豆豆龙也和我们一样笑着。

上作文课时,是我们最专心的时候,因为老师可以把一篇令人感到乏味的作文,描述得生动活泼,我们深怕漏听了哪一段而深感惋惜。所以在前一天的晚上,我们总是早早就寝,为的是怕瞌睡虫在上课时出现。

我深深记得,老师把作文比喻成一条大鱼。鱼头代表点明主题,让人一看到,就清楚地明白这是条什么鱼;鱼身为内容,是要人尝尝这条鱼究竟好不好吃的重要关键;鱼尾呢?当然就是像尾鳍般短而有力的结尾了。了解之后,我们不由得目瞪口呆,打从心底佩服老师。

那年的秋季旅行,老师在游览车上教我们唱歌、玩游戏,大家一起开怀笑着。我听到老师奇特的笑声,很快地联想到倒可乐时的声音。于是老师在我的心里就有了个小小的绰号——可乐老师,意味着"可"以带来快"乐"。

很快的,一年过去了,我们明白,当蝉鸣再度缭绕校园时,老师即将从军去,而我们就要离别。

学期末的最后一天,我们异常乖巧地坐在位子上。当老师走进教室,站上讲台,我们低着头,心中尽是不舍。老师强颜欢笑地对我们说:"来,我有礼物要送你们。"当抬起头的那一刹那,我感到一阵鼻酸,把眼底的不舍逼发出来。

我哭了,大家都哭了。老师从袋中拿出一叠拷贝好的相片,后面还写了字。老师叫着名字,看我们泪流满面的脸庞,把照片一一送给我们。叫到我时,我深深地望着老师,想要让老师明白,我有多么、多么的不舍。

突然,老师蹲了下来,身体抽搐着:"不可以哭,不可以哭……"说着说着,眼泪竟从老师的鼻梁上滑了下来。"你们是我的第一道彩虹,我永远都忘不了。"

如果,我们是老师的彩虹,那么,老师就是我们的太阳。太阳照射到泪水,折射出一道道的七彩色光,映出了我们如彩虹般的未来……

当好老师也是一门艺术

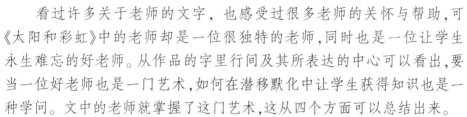

◇赏析/冉彩虹

看过许多关于老师的文字，也感受过很多老师的关怀与帮助，可《太阳和彩虹》中的老师却是一位很独特的老师，同时也是一位让学生永生难忘的好老师。从作品的字里行间及其所表达的中心可以看出，要当一位好老师也是一门艺术，如何在潜移默化中让学生获得知识也是一种学问。文中的老师就掌握了这门艺术，这从四个方面可以总结出来。

第一，班上学生迷恋"豆豆龙"卡通，"甚至上课时，我们还是在桌底下画豆豆龙，并和同学一起偷偷交换心得"时，老师并没有粗暴地横加制止，因为他懂得喜欢卡通是孩子们的天性，一味去反对、去阻止只会适得其反，激起学生们的反感。于是，他在班上挂起"豆豆龙信箱"，让豆豆龙成为师生情感交流的媒介；当要处罚爱说话的小朋友时，他就在小朋友脸上画豆豆龙，让孩子在快乐的氛围中接受教育，很容易让天性爱玩的孩子接受。

第二，老师能让枯燥乏味的作文课生动、鲜活起来。他将作文比喻成一条大鱼，将鱼头、鱼身和鱼尾分别代表主题、内容和结尾，这形象生动的比喻一下就切中了作文的要害，使孩子们对作文有了一个形象且直观的印象，为以后的写作奠定了坚实根基。

第三，秋季旅行的游览车上，老师与学生一起放声歌唱、大玩游戏、开怀大笑，这种师生之间的互动让学生热爱老师，从而也能热爱学习，热爱课堂。和这种懂得生活且有真性情的老师在一起，学生真是很幸福、很开心的。

第四，分别在即时，老师给每个学生准备了一张照片，而且还在后面题了字，并说出了离别感言："你们是我的第一道彩虹，我永远都忘不了。"老师真是一个感性的人，说出的离别感言也充满了诗情画意。

这位老师的艺术在这时已完完全全地体现出来了，相信读者能从中感悟到许多值得回味的哲思。

> 每当夜晚,她又会仰望着天上一望无垠
> 的星空,相信有一颗最闪亮的星星会永不缺
> 席地听她诉说所有成长的故事。

看! 星星笑了

◆ 文/佚 名

每当夜晚,她又会仰望着天上一望无垠的星空,相信有一颗最闪亮的星星会永不缺席地听她诉说所有成长的故事。

"九二一"地震不久,我的一个学生常常在我面前晃来晃去,红着眼眶似乎想说些什么,我拍拍她的肩膀问:"你是不是有什么事要告诉老师?"她听了,摇摇头就跑开了。

前几天,又见她欲言又止的神色,我借故要她帮我把作业簿搬到三楼的办公室,在楼梯间,她哽咽地说:"爸爸自从地震后已经好几天没有回家吃晚餐了。"其实,她的阿姨早已透露她爸爸可能遇难死亡的讯息。面对她略带忧伤的眸子,我的眼眶也红了。当时,我的心在呐喊:"小卫,也许你爸爸再也无法和你共进晚餐了!"但是,望见眼前忧伤的她,我的声音凝结在半空中,哑哑的说不出话来。

地震过后,许久未见她妈妈来接她放学,我感到有些诧异。她向来是妈妈的心肝宝贝,几乎天天来学校接她放学,为什么地震过后,她就不曾在接送区出现过?有一天,她阿姨到学校来找我,告诉我她爸爸可能在"九二一"地震中身亡,我才恍然大悟。原来她的妈妈对她爸爸

生死未卜一事感到心焦如焚，于是不能如往昔一样定时接她上下学。

据阿姨描述，"九二一"地震当天，她爸爸要把大理石从采矿运回公司，路经水库时适逢天崩地裂的大地震，从此音讯全无。这段时间，她的家人曾向警方报案，也通过各种渠道寻找她爸爸的下落，得到的回应竟是一张卡车遭击毁的照片，而那辆卡车与她爸爸开的卡车相似，因此她的家人对她爸爸生还的可能性均抱着最悲观的想法。

两天前，一大早她进门口就迫不及待地冲到我面前说："老师，妈妈说她昨晚闻到一股浓浓的尸臭味，这意味着爸爸已经死了吗？"我的眼眶又红了，鼻子酸酸地问着："小卫，你也闻到尸臭味了吗？"她天真地猛摇头，耸起肩："老师，昨晚我看到妈妈哭得很伤心，我一直安慰着她呢！"

昨天，放假的第一天，她抱着我说："老师，爸爸已经死了，妈妈把爸爸接出来了。"唉！一个七岁的孩子将如何去面对父亲的死亡呢？

59

妈妈原本是不想告诉她父亲已经过世的消息，她不断地告诉我，她想让小卫在没有哀伤的氛围下长大，因此她妈妈才会骗她说，爸爸到很远的地方去工作，要好多年后才能回来。然而聪慧的小卫，在家人不经意的言谈举止中，还是知道了爸爸再也不会回来吃晚饭了。

为了减轻她对死亡的恐惧，我对她说："爸爸已化作天上最明亮的一颗星星，每天晚上闪烁着光芒对你微笑，今后你若有什么心事都可以对着天上的爸爸诉说。"她点点头，从她的眸子中我看到有一颗璀璨的星子跳跃着。

今天，她面有愧色地说："老师，昨晚我睡得很早，忘了和天上的爸爸说说话了。"我拍拍她的肩膀安慰她："没关系，爸爸不会走，爸爸会永远在天上看着你，今晚有空你再找他聊聊天，好不好？"她听了，放心地笑了。

死亡对七岁的小卫而言，毕竟太沉重。虽然沉重，但还是得面对，不过最最亲爱的老师会陪你一直走下去，和你一起去面对父亲的死亡。而每当夜晚，她又会仰望着天上一望无垠的星空，相信有一颗最闪亮的星星会永不缺席地听她诉说所有成长的故事。

父亲已化作一颗星子

◇赏析/冉彩虹

读完这篇文章,心中就盘桓着一种复杂难言的情绪,让我欲罢不能。

七岁,本是一个懵懂的年龄,应该躺在妈妈的怀里、靠在爸爸背上享受亲情,可作品中的小女孩小卫却在七岁时遭受了人世间最大的痛苦——命运之神夺去了她爸爸的生命。也许她幼小的心灵还不能理解生与死的含义,因为她只是"在家人不经意的言谈举止中,还是知道了爸爸再也不会回来吃晚饭了"。

60

如果说家庭是一个人停靠的港湾,那么父亲就是载着家人航行的船,他给予子女稳定与安全,教会家人如何坚强生活。可现在,这个家庭的靠山已经离开了,留给家人的是无边的哀伤。妈妈为了减轻小卫的痛苦,"她想让小卫在没有哀伤的氛围下长大",所以骗小卫"爸爸到很远的地方去工作,要好多年后才能回来"。

但孩子迟早是要知道真相的,那怎样让她平静地接受呢?作者安排了让老师来对孩子说。于是,有了老师如诗一样的描述,老师告诉小卫"爸爸已化作天上最明亮的一颗星星,每天晚上闪烁着光芒对你微笑,今后你有什么心事都可以对着天上的爸爸诉说",于是小卫释然了,"她点点头,从她的眸子中我看到有一颗璀璨的星子跳跃着"。

不能不佩服文中老师的这股柔情,她用爱化解了一个小女孩对死亡的恐惧;她的爱陪着小女孩一起一直走下去,和她一起去面对父亲的死亡。夜空中那颗父亲化作的闪亮的星子也一定在聆听着孩子的诉说。

少年泉每天都在心中念叨无数次:老师
已经走了很久了,她什么时候才能回来呢?

暖心的石片

◆ 文/佚 名

少年泉站在深冬的寒风中,向探出村口的一条蜿蜒的小路呆呆地望着。那条小路的尽端,被绵延起伏的大山吞掉了。泉恨自己。恨自己的目光不肯拐个弯儿。要是目光能沿着小路弯曲,一直延伸到大山之外的县医院就好了。就会知道,老师的病治好了没有。如果老师的病好了,就能用目光把老师接回来,接进这大山里的小村子,接进小村子东端那所只有二十几个学生的小学校里来。

老师临走前说过,等她的病治好了,她一定会回来的。学校里的孩子们都站在操场上,眼巴巴瞅着躺在牛车上的老师渐渐远去。泉站在孩子们的最前面,他是班长。学校里只有三个年级:一年级,三年级,五年级。三个年级的学生只有一个老师,也只有一个班长。到了明年,他们就会升高一个年级。仍然只有三个年级:二年级,四年级,六年级。山村里学龄儿童很少,每隔两年才招收一次新生,还往往连十个学生都招不到。这是一个很偏远的山村。这里的大人们没有办法让他们的孩子到大山外面去上学。当小村里终于出现了第一位老师的时候,泉高兴得跳了起来。很多孩子也都高兴得跳了起来。老师是个女的,扎着两条大辫子,走起路来一甩一甩的,真好看。老师说话的声音真好听,唱起歌来更好听。大人们说,老师是山外的一个高中毕业生,自愿到大山里来的。

载着老师的牛车慢腾腾地挪过了山脚。泉流了泪。泉身后的二十几个孩子也都流了泪。泉相信,老师一定会回来的。那些孩子也都相信,老师一定会回来的。

可是,老师已经走了很久了,为什么还不回来呢?

少年泉站在深冬的寒风中,向探出村口的一条蜿蜒的小路呆呆地望着。他现在已经是五年级的学生了。他常常替老师分担些忧愁。村里很穷,只能给老师很少很少的工资。老师的日子过得很艰难,身体又不好,常常偷偷地吃几片药。泉心里挺难受,约了几个年龄相仿的同学抽空上山挖草药,晒干后交给老师让她拿去卖了,换点钱买鸡蛋吃。每逢这时候,泉发现老师的眼睛总是湿漉漉的。可惜卖草药的钱都让老师用来给学生买书和笔记本了……

站在寒风中的泉,望了望周围的大山,心中有了一丝疼痛。山上盖着厚厚的雪。树木都冻得僵硬了,一杈杈细微的枝条在风中呜咽。泉的两只脚像猫抓狗啃似的,双手却是热乎乎的。他手上托着一页石片。一页被炭火烘烤过的石片。他站在这里,等老师回来。他要把温热的石片送给老师,暖暖她的手,也暖暖她的心。

可老师什么时候才能回来呢?

老师走的那天,流着眼泪的泉向同样流着眼泪的小伙伴们郑重宣布:明天照常上课!二十几个小学生,在泉的带领下,每天都早早来

到学校,连星期日也不休息。他们把自己从山坡上捡来的枯枝填进炉子。火苗燃烧起来,把他们的小脸映得通红。教室里的暖意越来越浓了。他们在教室里自习,或者由高年级的学生给低年级的学生上课。童稚的读书声在大山里回荡。最重要的是,他们每天都要烘烤两页石片。石片热了,泉就用双手托着它,走出教室,在寒风中站立,向远处眺望。石片凉了,泉就回来换一片热的,再推门出去……

少年泉每天都在心中念叨无数次:老师已经走了很久了,她什么时候才能回来呢?

老师,我们在等你归来

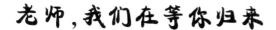

◇赏析/冉彩虹

文章《暖心的石片》在构思上独具匠心。这篇作品描写的主人公是老师,但没有正面描写老师,而是从少年泉的视角出发,少年泉的所思所想所感将老师全方位地展示在读者眼前,这样更具说服力。

这篇作品很具美感,一开头就如电影的开场白,给人一种无垠的遐想:深冬的寒风中,站着一个少年,望着探出村口的一条蜿蜒的小路,就那么呆呆地望着,眼中满是企盼、满是希冀……

少年在盼什么呢?满怀好奇地读下去,作者给出了答案——少年在等到县城去治病的老师。文章读到这里心中不禁感慨万千,现在的学生对老师还有这样深厚的情谊吗?这在城市的孩子身上是很难再看到的一种令人心动的情节了。可是少年泉有,少年泉的同学们也有,他们对老师的感情是无法用言语表白的,这一切都藏在那企盼的目光中、那无言的等待中。

这时心里不禁产生一丝疑问,少年等待的老师到底是个什么样的老师呢?她为何有如此的人格魅力呢?少年泉的心理活动告诉了我们关于老师的点点滴滴:

一、老师是山外的一个高中毕业生,是自愿到大山里来的。

二、老师是小村里的第一位老师。

三、老师是个女的,扎着两条大辫子,走起路来一甩一甩的,真好看。

四、老师的工资很少,日子过得艰难,身体不好。

五、学生上山挖草药,晒干后交给老师,让她拿去换钱买鸡蛋吃。可是老师将卖草药的钱用来给学生买书和笔记本了。

六、老师病重了,只有到县城的大医院去治。临走前老师说,等她的病治好了,一定会回来的。于是少年泉每天拿着暖心的石片在路口等她。

这就是泉深爱的老师的情况,看完后不觉已泪流满面。在人们追求物质享受的今天,这位年轻的女教师选择了另一种生活,她在大山里传播着爱与文化、挥洒着汗水与泪水、实现着自己的人生理想,正是她的无私赢得了学生的爱与关怀,以及那暖心的石片。

父亲不知怎么鼓励他,默无声息地伴他
走了好长一段,直到他被融入一片烂漫的灯
火中才往回走。

月 光 如 水

◆ 文/佚 名

父亲下岗了。

巨大的压力一下推到女儿面前。看来,请来时间不长的家教老师
也得辞去。想到这,女儿心里说不出什么滋味。

老师是个年轻的大学生,就在离这不远的一座大学里读书。一个
月前,父亲在家教市场上把他请来了,讲定每个钟头十块,每晚二十。

如今,连学费都成了问题,哪有钱去应付这些。

父亲是吃晚饭时才下决心的——不,也许比这更早,是在宣布他
下岗那一刻。他悄悄对女儿说,今晚他有事,得出去一下,让女儿通知
那位大学生别来了。父亲准备了一百块钱由女儿转交,算是给大学生
这些日子的劳动画个句号。

女儿猜想,父亲是不想得罪人,才把这个难题推给了她。

父亲在说谎。这天晚上,其实他没事,就蹲在离家不远的一座土
坡上,蹲在淡淡的月光下,一边想着心事,一边目不转睛地注视着自
家的窗口,盯着那一盏灯火。

他和女儿商定好,灯一灭,就是大学生离开的时候。

可奇怪的是，一直等到九点半，灯还在亮。

十点，依然没灭。

父亲感到纳闷，他觉得不能再等，得回去看看，是怎么回事。

门虚掩着，从虚掩的门缝里，一眼能看见女儿在埋头做功课，一缕长长的头发搭在脑门上；大学生坐在女儿的身边，双手托腮不知在想什么。听见门响，两人同时把头抬起，大学生很有礼貌地说："叔叔，回来啦？"

父亲本想问"女儿都跟你说过了吧"，话到嘴边又咽了回去。只是朝大学生微微一笑，那笑里却透出一丝苦涩。

"叔叔，是我自己留下想等到你回来……我知道，你暂时碰到了困难……"大学生搔搔头，欲言又止的样子，"可你女儿，没下岗，她多么需要辅导啊！"

这话像针一样刺着父亲的心，他不敢看他，把头使劲偏转过去。

大学生意识到这个被称为父亲的人心中隐藏着难言的苦楚，顿了一顿，又说："我愿免费为……"

父亲摇摇头，说什么也不答应。他知道大学生的老家在四川的大山洼里，他的父母亲一年到头在田野里挥汗如雨，抠出一点血汗钱寄给儿子，寄给他们的希望。他怎么能让一个陌生人为自己的女儿劳神呢！

"真对不起。"父亲嗫嚅着，不容置辩地把他送到门口，交给淡淡的月光。他发现，大学生头也不回地往前走。

他大声问："你的自行车呢？"

大学生不好意思地对他说，上回来这儿，把车放在前面的楼洞里，不见了。

"被盗了？"父亲一怔，不由自主地跟了上去，他想送他一段。大学生和他并肩往前走，他告诉他，那车是借人家的，本想教完两个月，用挣来的钱买一辆还给人家，可现在不行了……看父亲沉默不语，他又说，没关系，从下个星期起，他准备去送报纸……说这话时，那张年轻的脸上洒满了银色的月光。

父亲不知怎么鼓励他,默无声息地伴他走了好长一段,直到他被融入一片烂漫的灯火中才往回走。

女儿睡了,台灯亮着,灯座下压着那张崭新的百元大钞。

如月光一样善良、纯洁

◇赏析/张 洁

这篇写人记事的文章,以朴实无华的语言讲述了生活中的一件普通的事:一个下岗的父亲,决定辞退为女儿请来的家庭教师,却难以启齿;做家教的贫困大学生了解实情后,自愿免费为他的女儿辅导,但遭到了这位父亲的婉拒,因为他知道这位大学生来自贫困山区,需要钱来完成学业。

文章主要写了两个人物。一个是父亲。对父亲的刻画,主要从动作、心理活动两方面进行,语言描写不多。这些描写准确地表现了父亲对女儿的爱,对处境的无可奈何,对大学生的愧疚、关注和爱莫能助等,让我们看到了一颗善良、朴实、美好的心。另一个人物是家庭教师。对家庭教师的描写主要是语言的描写。欲言又止的话语,表明了他有一颗善良的心和助人为乐的高贵品质。

整篇文章没有情感上的大起大落,也没有结构上的跌宕起伏,给人的感觉就如淡淡的月光,纯洁、清明、柔和,也许还夹杂着一种淡淡的近似忧郁的情愫。

我走在回家的路上,发觉自己已抑制不住地热泪盈眶,脚下的路很黑,很泥泞,我却愈走愈感到无限的光明。

礼　物

◆文/海　风

　　我无法拒绝这个"贿赂"。那天,我走在校园的林阴道上,邓丽从后边追上我,气喘吁吁地说:"杨老师,教师节到了,送给您一份礼物。"看着她笑盈盈的,满脸的真诚与期待,我想推辞,但终于没忍心开口。其实礼物不算贵重,是一本带密码锁的日记本。我小心地接过,还没来得及致谢,邓丽就抿着嘴,微笑着跑开了。看着她衣着朴素的背影,我忽然觉得心中十分沉重。这不是一份普通的礼物。

　　今年秋天,学校安排我任初一·四班的班主任。我所在的是一所镇属初级中学,学生来自镇辖七个村的小学。新生报到那天,一位村小的老教师来送他升入中学的学生。当他得知我是邓丽的班主任,就紧紧地拉住我的手,很动情地说了许多。他告诉我邓丽是个品学兼优的好学生,只是因仅靠母亲一人抚养,家境很贫寒,希望我能适当给予照顾。那位老师的头发已斑白了,身板也不那么硬朗。他负责任的态度让我很感动。

　　邓丽也的确是个好孩子,她学习努力,班级工作认真负责,生活很简朴。我向学校申请免收了她大半的学习费用。我常留意她从食堂

打来的饭菜,都是最便宜的咸菜或汤。她正处在长身体的年龄,照这么下去,是很容易患营养缺乏症的。我便常让她到我家吃饭,她不肯来,但坚持不过我,只得服从。

平时见她牙膏都节省着用,谁料到她竟奢侈到给我买礼物了呢!这本精装的日记本抵得上她几天的伙食费了,可见她已经口挪肚攒了好久。我把它珍藏在我的书桌中。因为我有写日记的习惯,所以很快就把它派上了用场。这礼物毕竟代表着孩子的一片真情啊!

随着岁月的流逝,日记本的页数渐渐少了,奇怪的一页就在这时进入了我的眼中:

尊敬的肖志安老师:

您好!

感谢您这几年来对我们含辛茹苦、孜孜不倦的培养。教师节到了,送您这份礼物寄托我对您的感激之情。这是第九十九页,在这页上给您留言,是祝愿您健康长寿,快乐永久。

您的学生:高海

不叫肖志安的我当然疑惑了,这个肖志安老师是谁?学生高海又是谁?这么看来,邓丽的礼物不是买的,那又是哪儿来的呢?我有点儿坐立不安了。我匆匆地来到学校,把正在上晚自习的邓丽叫出来。

"邓丽,肖志安老师是谁?"

邓丽大概被我没来由的突然发问搞糊涂了,她瞪着一双美丽的大眼睛看着我,小心地说:"是我的小学班主任啊!"

"那,高海是你的同学吗?"

邓丽愣愣地看着我,再点点头。

我轻轻地拍了拍她的肩膀,"告诉老师,你送我的礼物是从哪儿来的?"

邓丽的脸刷地一下红了,"肖老师不让我告诉您……是学生送给肖老师,肖老师又让我给您的。他说看得出您关心我,教师节到了,不送点儿礼物不好。"她的话中已夹带着哭腔了,"肖老师知道我没钱买……"

我震惊了,半天没有说出话,伸手拭去了邓丽眼角的泪水,我说:"别哭,我们都应该高兴……"

我怕耽误邓丽的学习,让她回教室了。我走在回家的路上,发觉自己已抑制不住地热泪盈眶,脚下的路很黑,很泥泞,我却愈走愈感到无限的光明。

构思巧妙,情满文章

◇赏析/石 流

这篇文章以"礼物"为线索,写出了老师对学生无微不至的关爱,写出了学生对老师的一片真情,一幅幅尊师爱生的画面跃然纸上。

文章共运用了三处插叙,使得文章情节跌宕起伏,显示出作者匠心独运的笔力。第一处是叙写肖老师希望"我"能适当照顾邓丽及邓丽上中学后在学习、生活上的表现,表现出老师对学生的关怀,为下文的日记本风波作铺垫。第二处是高海的赠言,表现了学生对老师的感激之情,同时为下文揭开谜底埋下伏笔。第三处是邓丽回答"我"的疑问,揭开谜底,体现出肖老师和邓丽浓郁的师生情。文章开头就写"这不是一份普通的礼物",当了解到这份礼物的来龙去脉后,作者无不为这纯洁浓郁的师生情所感动,虽然条件暂时艰苦,但深深的师生情谊使作者看到了希望,"愈走愈感到无限的光明"。

当我们读罢全文,亦不免被这普普通通、朴朴实实的人和事所打动,被那溢于书卷的浓浓的师生情所震撼。

> 每逢秋天,葡萄成熟的时候,我总是格外怀念老师,怀念老师那托着葡萄的美丽的手。

一 串 葡 萄

◆文/[日]有岛武郎

小时候,我非常喜欢画画。然而,由于颜料不好,我怎么也画不出让人满意的图画来。我的同学吉姆有一盒进口的上等颜料,其中的蓝色和胭脂红色美得让人赞叹。唉,要是能有吉姆那样的颜料多好啊!

我身心很弱,再加上天生胆小,同学们很少和我交往,我也没有知心朋友。那天吃过午饭后,其他孩子都在运动场上嬉戏打闹,只有我一个人坐在教室里,心情格外沉重。我满脑子都是吉姆的颜料,真希望能得到它们啊!这个念头让我脸发烧,心扑通扑通跳个不停。这时,上课铃当当地响了,我猛然站了起来,鬼使神差般地走到吉姆的桌旁,做梦似的拿出了吉姆的蓝色和胭脂红色颜料,放进了我的衣兜。

上课时,我依然心情紧张,老师讲了什么我一点都不知道。

下课铃终于响了,我松了一口气。可就在这时吉姆和班上三四个同学向我走来。

"是你拿了我的颜料吗?"吉姆问。

我想申辩,可是他们中的一个人将手伸进了我的衣兜。完了!那两块颜料马上就被他们搜出来了！我羞得无地自容，眼前一片漆黑。我为什么会干出这种丑事呢？无助的我只好抽抽搭搭地哭起来。

大家吵吵嚷嚷地把我拽到二楼，我最喜欢的班主任老师的房间就在那儿。

老师正在写东西。他们向老师详细告发了我拿吉姆颜料的事。老师认真地望了望同学们，又瞧了瞧快要哭出来的我，然后向我问道："这是真的吗？"事情虽是真的，然而我无论如何也不愿告诉我所喜爱的老师，我就是这样一个让人讨厌的坏孩子。我终于哭出声来。

老师让其他同学都回去。她久久地不说话，最后才站起来，走过来紧紧搂住我的肩膀，轻声问道："把颜料还回去了吗？"我深深地点了点头。

"你觉得自己的所作所为是令人讨厌的吗？"

老师心平气和的话让我特别难过，我悔恨地哭个不停。

"别哭了，明白了就好。你在这儿等我上课回来，好吗？"老师拿起书，然后从一直攀到二楼窗口的葡萄蔓上摘了一串葡萄，放在正在哭着的我的膝上。

放学了，老师回到房间，把那串葡萄放进我的书包，"回家吧，明天一定要来学校啊，老师看不见你会很伤心的。"

第二天来了，到了该去上学的时间了，可是我偷拿了人家的东西，同学们会怎样对待我呢？他们肯定会说我的坏话。我实在不想去学校，我多么希望我肚子会疼，要么头疼也行啊，可是就是连我经常会疼的那颗虫牙也不疼了。找不到任何借口，我只好去上学了。

一到学校，吉姆就飞跑过来，握紧我的手，将我领到老师的房间里。他仿佛已经忘了昨天发生的事了。

老师在门口等着我们。"吉姆，你真是一个好孩子，你很理解我的话。"老师又转向我，"吉姆对我说，你不用向他道歉了。你们从现在成为好朋友就行了。好好握握手吧！"

老师笑着看着我们，我害羞地笑起来，吉姆也爽朗地笑了。

老师将身子探出窗外，摘了一串葡萄，用剪刀从葡萄的正中"咔

嚓"一声剪成两半,分给吉姆和我。葡萄真甜啊!

从此以后,我跟以前比变好了,不像以前那么害羞了。每逢秋天,葡萄成熟的时候,我总是格外怀念老师,怀念老师那托着葡萄的美丽的手。

育人的艺术

◇赏析/李 霖

73

好的教育方法是一个好老师用爱心创造出来的艺术。《一串葡萄》告诉读者一个好老师是怎样教育一个犯错误的孩子的,表达了作者对老师无限敬佩和怀念的感情。

作者通过神态、语言、动作、心理活动等多方面的描写刻画了这位善解人意的老师。"我"偷偷地拿了吉姆的颜料,同学们找"我"到老师那里是全文的铺垫。老师"认真地望了望"同学们,"瞧了瞧"快哭出来的"我","久久地不说话",从老师的神态变化,表现了老师很谨慎地对待犯错误的学生。对老师的语言描写,把老师善于利用教育的艺术,对学生是循循善诱的一面表现出来,如"这是真的吗?""你觉得自己的所作所为是令人讨厌的吗?""回家吧,明天一定要来学校啊,老师看不见你会很伤心的。"这些话听起来既亲切又指出了学生行为的不对。老师两次摘葡萄的动作,反映了老师是一个细致、富有爱心的老师。此外,"我"的心理活动的描写表达了"我"对老师的怀念,烘托了老师的形象。

好的老师就是一本好的教科书,学生对其中的内容是永远不会忘记的。

爱是一种坦荡荡的宽容和理解，人
与人之间惟一真实的东西，是精神上的
相通。博大、纯洁、高尚的心灵才能给予
人世间最美的爱。老师与学生间的爱即
如此，虽说淡如茉莉，却馨香无比。

捻亮了灯等你

老师固守的那方三尺讲台，一面黑板，是太阳底下最神圣的所在。纷飞的粉笔灰染白了老师的双鬓，朝朝暮暮响彻的铃声送走了老师宝贵的青春年华。

> 然而,寒风无语,我只有将悔与怨埋在
> 心底,将真与善呈现他人。

青 春 之 花

◆ 文/万丹梅

　　自古以来,歌颂青春、赞美青春的诗歌、散文应有尽有。今天让我再来赞美青春,我却无从下笔。然而,我却能够写出我的青春是从什么时候开始的, 又是谁让我知道了什么是青春,让我懂得了怎样生活。我的青春之花啊!

　　只记得有一年的冬天特别冷, 特别长, 不知是因为寒风还是弱阳,这个陌生而熟悉的世界,在我的眼中竟是如此冰冷。也许,所有的积怨都在冬天爆发吧:现实与梦的差距总是那么大,美好的事物又总是可望而不可及。渐渐的,我开始封闭自己,沉浸在一个孤芳自赏的天地,冷漠成了我最好的装饰品。

　　那一年,我坐进了初二(四)班的教室,二年级与一年级没有什么大的不同,只是增设了一门物理课。第一节物理课从外面走进了一位老师,是他? 怎么会是他? 我们可是认识的啊! 但是我一点都不了解他,一点都不喜欢他,像他这样的花花公子模样我见了就恶心。但随之一想,这与我又有什么关系呢? 就当不认识的。于是,我仍然是我行我素。在班里从不和别人打交道,从来不露出笑脸,因为我觉得这个世界太冷酷了。

可是,我不理他,他倒理起我来了。每次上课,几乎都要点我起来回答问题,我也不去想他要不要面子,反正不管是会的还是不会的,要么就随便说两句,要么就低头不语。

终于,一个物理晚自习,他把我叫了出去,我脸也不红,头也不回,跟着他出来了。我想我是不会告诉他关于我的任何事情的。

"为什么整天都愁眉苦脸,不言不语? 你应该活泼一点么。"

真讨厌,就为这个事,我想。

"这个世界太冷了,这个冬天太冷。"扔下这句话,我回到了教室,他却似乎在思索着什么。

从此,他对我更好了,总是帮助我,还给一些"可笑"的书让我看,诸如什么《青春之花》、《理想》啊。

他为什么对我这么好? 少女的心是敏感的。我开始回避他。终于有一天,他送给我一个笔记本,像是被烫了一下,我眼中闪过一丝寒意与鄙夷,再也不想见到他。这是什么老师?

日子像流苏般一条条数过,风弱了。期中考试的后一天,他拿着卷子走进了教室。

77

"同学们,今天念物理分数。"

"万丹梅九十九分,第一名,请上讲台领卷子。"

啊? 我一听简直不敢相信自己的耳朵,慌忙走上讲台,只见他把我的考卷和上次的那个笔记本一起给了我。在那个场合,有那样的心情,我怎么会再次拒绝呢?不知所措地找回到座位上赶忙打开了笔记本,里面有一段话:"小妹,青春是一个来去匆匆而又珍贵的年华,不要忘了你的青春之花还要开放呢!而生活中除了寒风,更多的还有阳光。好好把握,发挥你的才能,好好生活!"落款是空白的。我的心也是空白的,我明白了:从头至尾,我都错了。

重新找回那本《青春之花》,我发觉自己是多么可笑,似乎才重新懂得生活的另一种意义。

如今,我已不再是那个幼稚的我。每当我看到我的青春之花开得正鲜正艳时,我就情不自禁地流下了眼泪。透过蒙眬的泪眼,我仿佛看见他点我回答问题时的那种失望与不安，以及那个晚自习我离去时他的无奈。我恨自己的无知，恨自己的虚伪。为什么我不可以像他待我这样回赠他友善的目光与关心，为什么？

然而，寒风无语，我只有将悔与怨埋在心底，将真与善呈现他人。冬天再长，再冷都会过去。我要用我的眼，我的笔去感受美好的青春。好好生活！

哦，我的青春，我的青春之花！

一段隐秘而真挚的心曲

◇赏析/王书文

本篇散文似乎涉及的是敏感的师生恋，细细读完全文，会发现这又是纯洁高尚的老师之情，兄长之谊。

善于用悬念吸引读者。先写一个多情善感、又有点自我封闭的花季少女的困惑与烦恼。接下来写"我"对一个教物理课的老师的反感："怎么会是他？我们可是认识的啊！但是我一点都不了解他，一点都不喜欢他，像他这样的花花公子模样我见了就恶心。"这是为什么？难道这位年轻老师有什么非人师之举？后来又是"晚自习"时"把我叫了出去"，又增一悬念，继而又"送给我一个笔记本"。至此，一个"师生恋"的模式似乎出来了。最后笔记本上居然称"我"为"小妹"，所以，悬念，一个接一个，这除了吸引读者外，既写了"我"的心是敏感外，还写了"他"主动接近"我"是为了让"我"乐观向上。

找的过程平凡而不乏波折。文中有一句"重新找回那本《青春之话》，我发现自己是多么可笑"，这句中的"《青春之花》"一句双关，既是一本书，更是一种精神状态。怎样找回的？是老师帮助找回来的。开头"我"封闭、冷漠——失去青春；"他"来上课——带来青春；"我"对"他"反感——厌拒青春；"他"奖我笔记本——找回青春；如今心怀感激——悔怨青春，所以，本文的情节与情感都是有波有澜的。

"老师,"辰扑通一声跪了下来,泪流满面:"不回去了,我还要跟您学几年,您一定要收留我!"

假 币

◆ 文/顾文显

　　人有时一犹豫就错过了良机,辰这样想,此时老教授正在滔滔不绝地和新生们沟通感情,辰就没办法把那两千元钱交上,而早上乘乱交这笔钱再好没有,可那时辰就是犹豫了一下,错过了,辰为此如坐针毡。

　　终于熬到下课,辰遥盯住围在一群叽叽喳喳的女同学中的老教授,好歹待女娃们散尽,他才跨前一步,把钱递上,这时,辰脑子嗡地一声,大片空白,他感到一种灭顶之灾的降临,还好还好,老教授点了点,装在上衣兜。

　　辰这一夜没合眼,那钱是单独交的,万一老教授发现呢? 为了进京到这家文学院深造,他卖光了全部药材,没想到该死的药贩子在交款时夹了三张假币!他曾想到市场上买点零碎花出去,可小贩们不收这假钱。他已没有更多的钱了,逼急了才出此下策,但他又怕被识破,同学们个个是贵胄公子,只他一个穷孩子,假币的事抖搂出来,他如何混得下去?

　　辰决定次日主动坦白,就说不小心夹带了,求老教授容他宽限些日子借来补上,这样总比当众揭穿好。

辰拿定主意次日就恭候在老教授上班必经路上,见到他说:"老师,我昨天交的钱……"老教授的脸立刻板起来:"别提你那钱!"

辰魂飞魄散!却听老教授说:"早不交晚不交,偏我揣了你的钱,在市场上走,被小偷割了兜。"

啊呀谢天谢地! 辰一边赔小心,一边回到教室,这贼其实是帮了我的大忙呢。辰想。

兴奋之后,辰又陷入了苦恼,毕竟老教授损失了恁多钱,并且直接怪他学费交得迟! 想到教授总穿一件皱巴衣服的寒酸样他心里就凉了。辰想,好好努力吧,非出人头地不可,有朝一日我加倍报偿这位善良无辜的老人。

辰勤学苦作,不断写出好文章,连《人民文学》这样的刊物也有他的一席之地,老教授时常当众夸赞,每当这时,辰就暗自道:等着,老师。

学习期满,辰交了大运,脱掉农田鞋,直接成了市文联干部,这当然要得力于《人民文学》,又一年,他又成省作协聘任的专业作家,辰一步登天,阔步文坛,名声大得吓人,令许多杂志派编辑上门来泡他的议价稿,辰从此再不愁没有钱。

辰依然惦记着那可怜兮兮的老教授,该彻底了结这块心病了,他为老教授准备了一万元现金,专程来京。

老教授高兴:"学生出了大名,不忘师德,这就好。"坚持设家宴款待高徒。酒前,辰鼓足全部气力,向教授认错:"老师,我交给您那两千元学费中,混着三张该死的假币……"他眼圈红了,并哽咽起来。老教授哈哈大笑:"三张假币你还没忘哪? 在,我留着呢,如今集什么的都有,我集几张假币玩玩有何不可。"说着,从一本影集内拿出那几张玩意儿。

"老师,那您说让贼偷了……"辰目瞪口呆。

"假话。兴你假币就不兴我假话?"

"为什么? 你当时完全可以揭穿。"

老教授的脸色立刻无比严肃起来:"揭穿容易,但我更知道一个山里来的孩子该多艰难,那样做对他产生的后果不堪设想,为区区三百元钱,扼杀一个人才,吾不屑为之也。"

"老师,"辰扑通一声跪了下来,泪流满面:"不回去了,我还要跟您学几年,您一定要收留我! "

假中蕴含着真美

◇赏析/邹成平

这篇文章虽然短小,读来却美不胜收。

首先要数文章的结构美。我们读过莫泊桑的《项链》,多少人为结尾出乎意料的一笔而叫好,而本文《假币》与它有着异曲同工之妙。前面所有故事情节叙述的语句,可谓都是为结尾一笔而蓄势,揭示假币事件的真面目,既出乎读者意料之外,却又在读者情理之中,情节在此达到了高潮,人物形象的高大由此而呼之欲出。可以说,没有这个出乎意料的结尾,就没有这篇精美的短文,我们读来一定如饮白开水,平淡而乏味。

其次要数文章的刻画美。作者运用了大量的心理描写来刻画辰复杂的性格特征。辰家里穷,卖光了药材凑起学费,不道德的药贩子却在其中夹了三张假币,辰拿着假币再三煎熬,可是在读书与退学面前,辰还是把假币交给了老教授,交后却饱受良心的谴责,感到一种灭顶之灾的降临,一夜没合眼,当得知老教授的钱被小偷偷了,辰一面是高兴小偷帮了他的大忙,一面是为老教授的损失而心酸,就在这样矛盾的心理中,辰发愤图强,只为弥补过错,报答老师,而当他得知真相,跪倒在老师面前,深深地忏悔,你还会认为他是一个品行不端的学生吗?

文章构思巧妙,在行云流水般的文字之中,处处散发着美的馨香。

> 是乡村教师敢于牺牲的爱，感动了我
> 们，改写了我们生命的华章。懂得爱的人会
> 把爱带给别人。

乡 村 教 师

◆文/岳 勇

　　临近大学毕业的那段日子，同学们都为毕业后能留在城里能有
一份好工作忙开了，惟有娟子按兵不动，如无事人一般。

　　我们同宿舍的几个姐妹都劝她出去活动活动，争取能在城里留
下来。哪知娟子却笑笑说："我要回乡下去。"

　　我们都吃了一惊。娟子的老家我们结伴去游玩过一次，在大巴山
最深处，汽车在二十里以外就进不去了，村里人住的全是茅草屋。我
们当时都笑着调侃说那儿是全中国最贫瘠的地方。而现在，娟子却轻
描淡写地放弃了这次改变命运跳出农门的良机，要重新回到那穷山
沟，我们都替她惋惜。

　　这时，娟子一本正经地给我们说了一个故事。

　　十年前，大巴山深处有一所学校。整个学校只有一间茅草搭成的
教室，只有一个班级，也只有一个老师。班上有十三名学生，那位乡村
老师将他们从一年级教起，一直教到六年级。

　　然而，就在小学快毕业的时候，不幸的事发生了。

　　有个放牛娃在山上玩火，不小心把茅屋教室给引燃了。等大家发

现时,大火已经快封住了教室门。

教室里的十三名乡下娃子都乱了套,但那位乡村教师却比以往任何时候都镇静。他一面叫孩子们不要慌张,一面将被大火围困的孩子们一个个往外背。大火已将窄窄的木门完全封住,老师的衣服、头发和胡子全都烧焦了。但他并没有放弃。到最后,教室里只剩下两名女同学。

老师再一次冲进火海,那两名女同学正坐在教室里哇哇大哭。老师看了她俩一眼,最后咬咬牙,背起其中一个就往外冲。

烧得通红的门框"呼"的一声砸下,将老师砸了一个跟跄,但他最后还是背着那个女孩从大火中爬了出来。

他把那个女孩背到安全地带,然后又急急地冲进了早已变成火海的教室。就在这时,轰的一声,教室烧塌了。老师和最后那名学生再也没有出来……

讲完这个故事,娟子眼圈都红了。

我们都猜了出来:"最后救出来的那名女同学就是你,是么?"

"是的。"娟子含泪点点头,"但你们知道最后那位被老师留在教室里再也没有背出来的同学是谁么?"我们都摇摇头。

娟子说:"是老师的女儿呀!"

说完这句话,娟子再也忍不住哭了起来。

我们的眼圈也都红了。

最后,我们宿舍有三个姐妹跟着娟子去她老家做了乡村教师。我是其中一位。

设置悬念 扣人心弦

◇赏析/卢丽丽

为了给读者留下深刻的印象,作者往往会设置悬念,使情节环环相扣,从而扣住读者的心弦。《乡村教师》一文就是通过设置悬念——

释消悬念来展开情节的。

文章开篇就设置悬念:"同学们都为毕业后能留在城里能有份好工作忙开了,惟有娟子按兵不动,如无事人一般。"为什么呢?下段即释消悬念:娟子要回乡下去。于是,作者就设置了第二个悬念:娟子的老家被同学们调侃说那儿是全中国最贫瘠的地方,而现在,娟子却轻描淡写地放弃这次改变命运跳出农门的良机,要重新回到穷山沟。为什么呢?作者通过娟子讲述的一个发生在十年前乡村老师从火海中救学生的故事来释消悬念。看完这个故事,读者心里不禁设下了两个问号:最后救出来的那名女同学是谁?最后那位被老师留在教室里再也没有出来的同学又是谁? 当同学们从娟子红红的眼圈猜出最后救出来的那名女同学就是娟子,而娟子含泪说出最后那位被老师留在教室里再也没有背出来的同学是老师的女儿之时,悬念终于解开了,娟子回乡下是为了报恩。

同学们被娟子讲述的故事感动了,被故事中的乡村教师感动了,同时也被娟子的所作所为感动了。"最后,我们宿舍有三个姐妹跟着娟子去她老家做了乡村教师"。结局出人意料之外,却又是情理之中。

本文构思精巧,情节环环相扣,没有主观抒情,但却通过客观描述使文章所刻画的人物形象如此饱满、鲜明,从而给读者留下了深刻的印象,让我们看到了一位舍己救人、敢于牺牲、无私奉献的伟大的乡村教师形象。是乡村教师敢于牺牲的爱,给予了娟子一次重生,教会娟子把爱带给别人;是乡村教师敢于牺牲的爱,感动了我们,改写了我们生命的华章。同时,我们也从文中体会到了一个深刻的道理:懂得爱的人会把爱带给别人。

对大伟和那位埃菲尔铁塔下留影的学生而言,在他们的人生征途中,张老师的"歧视"肯定是最宝贵最美丽的。

美丽的歧视

◆ 文/胡子宏

高考落榜,对于一个正值青春花季的年轻人,无疑是一个打击。八年前,我的同学大伟就正处于这种境地。而我则考上了京城的一所大学。当我进入大学三年级时,有一日大伟忽然在校园里寻到了我,原来,他也是北京某名牌大学的一员了。

"祝贺你!"我说。"是该祝贺。你知道吗?两年前我一直认为自己完了,没什么出息了,可父母对我抱有很大希望,我被迫去复读。你知道'被迫'是一种什么滋味吗?在复读班,我的成绩是倒数第五……"

"可你现在……"我迷惑了。

"你接着听我说。有一次那个教英语的张老师让我在课堂上背单词。那会儿我正读一本武侠小说。张老师很生气,说:'大伟,你真是没出息,你不仅糟蹋爹娘的钱还耗费自己的青春。如果你能考上大学,全世界就没有文盲了。'我当时仿佛要炸开了,我'噌'地跳离座位,跨到讲台上指着老师说:'你不要瞧不起人,我此生必定要上大学。'说着我把那本武侠小说撕得粉碎。你知道,第一年高考我分数差了一百多分,可第二年我差十七分,今年高考,我竟超了八十多分……我真想找到张老师,告诉他:我不是孬种……"

三年后,我回到我高中的母校,班主任告诉我:教英语的张老师得了骨癌。我去看他,他兴致很高,其间,我忍不住提起了大伟的事……张老师突然老泪横流。过了一会儿,他让老伴取来了一帧旧照片,照片上,一位书生正在巴黎的埃菲尔铁塔下微笑。

张老师说:"十八年前,他是我教的那个班里最聪明也最不用功的学生。有一次,我在课堂上讲:'像你这样的学生,如果考上大学,我头朝地向下转三圈……'"

"后来呢?"我问。"后来同大伟一样,"张老师言语哽咽着说,"对有的学生,一般的鼓励是没有用的,关键是要用锋利的刀子去做他们心灵的手术。你相信吗?很多时候,别人的歧视能使我们激发出心底最坚强的力量。"

两个月后,张老师离开了人世。

又过了四年,我出差至京,意外地在大街上遇到大伟,读博士的他正携了女友悠闲地购物。我给大伟讲了张老师的那席话……

在熙熙攘攘的人群中,大伟突然泪流满面。

在那以后的时光里,我一直回味着大伟所遭遇的满含爱意却又非常残酷的歧视。我感到,那"歧视"蕴含着一种催人奋进的力量。对大伟和那位埃菲尔铁塔下留影的学生而言,在他们的人生征途中,张老师的"歧视"肯定是最宝贵最美丽的。

巧设悬念平中见奇

◇赏析/张　洁

　　在我们每个人的成长过程中,都离不开老师的谆谆教诲。而老师的教诲是多种多样的, 本文就为我们讲述了一个老师用特殊方式教诲学生的故事。当一位教师大声训斥一名复读生没出息时,那位学生的自尊被激发起来,他发誓要做一个有出息的人,绝不让老师看扁。若干年后,那个学生真的成为了栋梁之材,他仍然不忘那位教师嘴中的残酷言语。然而他知道事情的真相时,在熙熙攘攘的人群中,泪流满面⋯⋯

　　文章在构思上平中见奇, 先将大伟考上北京某名牌大学的结果置于读者面前,设置悬念。然后,通过大伟的口说出张老师当初的歧视行为,最后道出张老师"歧视"的真正目的,指出"歧视"的美丽,使文章避免了平铺直叙。

　　文章在塑造人物时,既作正面描写,又作细腻的侧面描绘,让我们看到了一个活生生的充满责任心和爱心的人民教师,展示了人民教师宽广的胸怀。

> 无论是大山深处，还是小巷子的尽头，只要能瞥见一豆灯光，哪怕它是昏黄的，微弱的，也都会立时给我以光明、温暖、振奋。

老师窗内的灯光

◆ 文/韩少华

  我曾在深山间和陋巷里夜行。夜色中，有时候连星光也不见。无论是大山深处，还是小巷子的尽头，只要能瞥见一豆灯光，哪怕它是昏黄的，微弱的，也都会立时给我以光明、温暖、振奋。

  如果说，人生也如远行，那么，在我蒙昧的和困惑的时日里，让我最难忘的就是我的一位师长的窗内的灯光。

  记得那是抗战胜利，美国"救济物资"满天飞的时候。有人得了件美制花衬衫，就套在身上，招摇过市。这种物资也被弄到了我当时就读的北京市虎坊桥小学里来。我曾在我的国语老师崔书府先生宿舍里，看见旧茶几底板上，放着一听加利弗尼亚产的牛奶粉。当时我望望形容瘦削的崔老师，不觉想到，他还真的需要一点滋补呢……

  有一次，我写了一篇作文，里面抄袭了冰心先生《寄小读者》里面的几个句子。作文本发下来，得了个漂亮的好成绩。我虽很得意，却又有点儿不安。偷眼看看那几处抄袭的地方，竟无一处不加了一串串长长的红圈！得意从我心里跑光了，剩下的只有不安。直到回家吃罢晚饭，我一直觉得坐卧难稳。我穿过后园，从角门溜到街上，衣袋里自然

揣着那有点像赃物的作文簿。一路小跑，来到校门前———推，"咿呀"了一声，还好，门没有上闩。我侧身进了校门，悄悄踏过满院由古槐树冠上洒落的浓重的阴影，曲曲折折地终于来到了一座小小的院落里。那就是住校老师们的宿舍了。

透过浓黑的树影，我看到了那样一点亮光——昏黄，微弱，从一扇小小的窗格内浸了出来。我知道，崔老师就在那窗内的一盏油灯前做着他的事情——当时，停电是常事，油灯自然不能少。我迎着那点灯光，半自疑又半自勉地，登上那门前的青石台阶，终于举手敲了敲那扇雨淋日晒以至裂了缝的房门——

笃、笃、笃……

"进来。"老师的声音低而弱。

等我肃立在老师那张旧三屉桌旁，又忙不迭深深鞠了一躬之后，我觉得出老师是在边打量我，边放下手里的笔，随之缓缓地问道：

"这么晚了，不在家里复习功课，跑到学校里做什么来了？"

我低着头，没敢吭声，只从衣袋里掏出那本作文簿，双手送到了老师的案头。

两束温和而又严肃的目光落到了我的脸上。我的头低得更深了。只好嗫嗫嚅嚅地说：

"这、这篇作文，里头有我抄袭人家的话，您还给画了红圈儿，我骗、骗……"

老师没等我说完，一笑，轻轻撑着木椅的扶手，慢慢起来，到靠后墙那架线装的和铅印的书丛中，随手一抽，取出一本封面微微泛黄的小书。等老师把书拿到灯下，我不禁侧目看了一眼——那竟是一本冰心的《寄小读者》！

还能说什么呢？老师都知道了，可为什么……

"怎么，你是不是想：抄名家的句子，是之谓'剽窃'，为什么还给打红圈？"

我仿佛觉出老师憔悴的面容上流露出几分微妙的笑意，心里略松快了些，只得点了点头。

老师真的轻轻笑出了声，好像并不急于了却那桩作文簿上的公案，却抽出一支"哈德门"牌香烟，默默地燃了，吸着；直到第一口淡淡的烟消溶在淡淡的灯影里的时候，他才忽而意识到了什么，看看我，又看看他那铺垫单薄的独卧板铺，粲然一笑，教训里不无怜爱地说：

"总站着干什么？那边坐！"

我只得从命，两眼却不敢望到脚下那块方砖之外的地方去。

又一缕烟痕，大约已在灯影里消散了。老师才用他那低而弱的语声说：

"我问你，你自幼开口学话是跟谁学的？"

"跟……跟我的奶妈妈。"我怯生生地答道。

"奶妈妈？哦，奶母也是母亲。"老师手中的香烟只举着，烟袅袅上升，"孩子从母亲那里学说话，能算剽窃吗？"

"可、可我这是写作文呀！"

"可你也是孩子呀！"老师望着我，缓缓归了座，见我已略抬起头，就眯细了一双不免含着倦意的眼睛，看看我，又看看案头那本作文簿，接着说，"口头上学说话，要模仿；笔头上学作文，就不要模仿了么？一边吃奶，一边学话，只要你日后不忘记母亲的恩情，也就算是好孩子了……"这时候，不知我从哪里来了一股子勇气，竟抬眼直望着自己的老师，更斗胆抢过话来，问道：

"那，那作文呢？"

"学童习文，得人一字之教，必当终身奉为'一字师'。你仿了谁的文章，自己心里老老实实地认人家做老师，不就很好了么？模仿无罪。学生效仿老师，谈何'剽窃'！"

我的心，着着实实地定了下来；却又着着实实地激动起来。也许是一股孩子气的执拗吧，我竟反诘起自己的老师：

"那您也别给我打红圈呀！"

老师却默然微笑，掐灭手中的香烟，向椅背微靠了靠，眼光由严肃转为温和，只望着那本作文簿，缓声轻语着：

"从你这通篇文章看，你那几处抄引，也还上下可以贯串下来，不

生硬,就足见你并不是图省力硬扳的了。要知道,模仿既然无过错可言,那么聪明些的模仿,难道不该略加奖励么——我给你加的也只不过是单圈罢了……你看这里!"

老师说着,顺手翻开我的作文簿,指着结尾一段。那确实是我绞得脑筋生疼之后才落笔的,果然得到了老师给重重加上的双圈——当时,老师也有些激动了,苍白的脸颊,微漾起红晕,竟然轻声朗读起我那几行稚拙的文章来……读罢,老师微侧过脸来,嘴角含着一丝狡黠的笑意说:

"这几句么,我看,就是你从自己心里掏出来的了。这样的文章,哪怕它还嫩气得很,也值得给它加上双圈!"

我双手接过作文簿,正要告辞,忽见一个人,不打招呼,推门而入。他好像是那位新调来的"训育员":平时总是金丝眼镜,毛哔叽中山服,面色更是红润光鲜;现在,他披着件外衣,拖着双旧鞋,手里拿个搪瓷盖杯,对崔老师笑笑说:"开水,你这里……"

"有。"崔老师起身,从茶几上拿起暖水瓶给他斟了大半杯;又指了指茶几底板上的"加利弗尼亚",笑眯眯地看了来人一眼,"这个,还要么?"

"呃……那就麻烦你了。"

等老师把那位不速之客打发得含笑而去后,我望着老师憔悴的面容,禁不住脱口问道:

"您为什么不留着自己喝?您看您……"

老师默默地,没有就座。高高的身影印在身后那灰白的墙壁上,轮廓分明,凝然不动。只听他用低而弱的语声,缓缓地说道:"还是母亲的奶最养人……"

我好像没有听懂,又好像不是完全不懂。仰望着灯影里的老师,仰望着他那苍白的脸色,憔悴的面容,又瞥了瞥那听被弃置在底板上的奶粉盒,我好像懂了许多,又好像还有许多、许多没有懂……

半年以后,我告别了母校,升入了当时的北平二中。当我拿着入中学第一本作文簿,匆匆跑回母校的时候,我心中是揣着几分沾沾自喜的得意劲儿的,因为,那簿子里画着许多单的乃至双的红圈。可我刚登上那小屋前的青石台阶的时候,门上一把微锈的铁锁,让我一下子愣在那小小的窗前。听一位住校老师说,崔老师因患肺结核,住进了医院。

临离去之前,我从残破的窗纸漏孔中向老师的小屋里望了望——迎着我的视线,昂然站在案头上,是那盏油灯:灯罩上蒙着灰尘;灯盏里的油,已几乎熬干了……

时光过去了近四十年。在这人生的长途中,我确曾经历过荒山的凶险和陌巷的幽曲;而无论是黄昏,还是深夜,只要我发现了远处的一豆灯光,就会猛地想起我的老师窗内的那盏灯,那熬了自己的生命,也更给人以启迪,给人以振奋,给人以光明和希望的,永不会在我心头熄灭的灯!

永不熄灭的灯

◇赏析/冉彩虹

　　《老师窗内的灯光》是一篇语言朴实、情节简单的文章。通过老师窗内的灯光，赞美了老师严肃活泼、启教并重，既重视学生的个性发展，又注意学生创作的严格要求的教学风格，赞扬了老师呕心沥血，一心为学生的优秀品质。

　　作者在行文时采用了倒叙的方法。开篇，由一豆昏黄的、微弱的灯光，联想到"蒙昧的和困惑的时日里"，"给我以光明、温暖、振奋"的灯光——"我的一位师长的窗内的灯光"。

　　文章叙述往事时看似不蔓不枝，如叙家常，实际上平常的记叙中蕴含着构思的巧妙。作者先说自己在老师的茶几上见到一听加利弗尼亚牛奶粉，而想到老师的形容瘦削，想到他需要滋补，这似乎是题外之话，但这与后文中的训育员拿去奶粉的情节相照应，突出了老师的品质高尚。

93

　　作者对崔老师的描写，是通过不同的笑逐层展开的，"一笑"，"憔悴的面容上流露出几分微妙的笑意"，"轻轻笑出了声"，"粲然一笑"，"默然微笑"，"嘴角含着一丝狡黠的笑意"，"笑眯眯地看了来人一眼"，这笑中有启迪，有睿智；这笑是"我"渐渐醒悟、明理的标志；这笑展示了老师育人的艺术、教学的方法。

　　正是这些细微之处，让"我"感受到了崔老师伟大的人格和精神，这也是"我"心中永不熄灭的"灯"，是照亮"我"四十年的灯光；这灯光是光明、希望的象征，也是崔老师甘于清贫、热爱学生、关心他人的象征。

很快,刘老师成了我们学校的骄傲,也成了公社最出名的人。夏天,刘老师是全公社惟一穿裙子和用手绢扎发辫的女人。

刘 老 师

◆ 文/王开岭

一九七七年夏天,我上了二年级。

新学期,学校新来了一位女老师,姓刘。刘老师很年轻,看上去和那些我叫之姐姐的人差不多。刘老师是从县城来的,教我们语文和唱歌。刘老师还把县里的一架风琴给搬来了。

我们都喜欢刘老师上课。喜欢她的嗓音和笑时候的酒窝,更惊叹她的手指,在那些黑白键条上轻轻一抹,就流淌出那么美的声音,还有她边教唱边来回摆头的姿势……大人们都夸刘老师长的好,像电影上的人。

很快,刘老师成了我们学校的骄傲,也成了公社最出名的人。夏天,刘老师是全公社惟一穿裙子和用手绢扎发辫的女人。

刘老师宿舍前有一棵很大的榆钱树。有一回,正好学校放假,我到校园里玩,突然见一个人正踩着凳子,用竹竿够树上的榆钱,见有人来,那人慌忙跳下凳子,竟是刘老师。刘老师的脸刷地红了,羞得像粉桃骨朵……

第二天,刘老师的窗台上多了一大扎新采的榆钱。

学期开始时,总要发新书。发新书的日子也是我最兴奋的日子。每次我都抢着去办公室替老师抱来。当时的孩子都有一个习惯:新书发下后,第一件事便用结实一点的纸将书封皮包好,这样直到学完后,封面也还是崭新崭新的。后来的一件事便和这包书皮有关,也和刘老师有关。

过去都是父母用一种作废的卫生挂图纸替我包。那种纸正面是一些人体的生理解剖图,我看不太懂,都是一些手臂、血管、心脏什么的,而其背面则光滑、挺括、白净,包出来的新书漂亮极了,让其他同学羡慕得不得了。

这次不知怎的,新书发下整整几日了,父亲还是没把它们包好。母亲只是说过去那种纸已经用完了,等等看。又过了两天,新书终于包好了,用的还是从前那种纸,奇怪的是书皮的内折角被糊糊粘死了——也就是说,除非将书皮扯破,否则是拆不下来的。父母说这样更牢靠。我很高兴,也不把这放心上。

很快就出事了。

95

那天下午,学校歇课大扫除。我们去池塘抬回了水,在教室里泼起来,地面是裸土的,高低不平,水一浇,许多地方就成了水洼。突然我的书包被谁刮了一下,掉进湿泥里,我惊叫着冲过去,晚了,白皮书上全是污黑的东西,水滴滴答答……我不知所措,委屈得眼泪在眶里打转。有人出主意:扯书皮,快扯书皮!一阵手忙脚乱,书皮被扯下,翻过来一看,大家惊呆了,我也惊呆了:书皮的内面原来是一种妇产科的挂图!别说他人没见过,虽然母亲在妇产科工作,连我也从没见过。我清醒过来,又羞又恼,赶紧去抢那挂图,周围哄堂大笑,有人把挂图猛地夺走,在天上抛来抛去,领班的大孩子也冲过来,昏天昏地中,我和无数个身体撕绞在一起,猛地跌倒……

刘老师跑来了,她气喘吁吁拉开众人,沉着脸:"拿来——"那个为首的孩子脸红着把书皮递过来。她的胸脯剧烈地起伏着,严厉地盯着大家,随后将书皮展开,她的脸刷地红了……

那一刻,所有在场人的脸都红了。我们耷拉下头,谁也不敢再看刘老师。

后来,我就第一次坐在了刘老师的宿舍里。

在那儿,刘老师替我胳膊上的伤抹了红药水;在那儿,刘老师将她自己的新书换给我,用一种我从未见过的画报纸重新包了书皮;在那儿,刘老师还单独唱了一首歌让我听……

我第一次离刘老师这么近,我闻到了一种淡淡的奇妙的芳香味儿。但不是雪花膏。

许多年后,一个偶然的机会,我同母亲谈起这桩事。母亲很吃惊:你还记得? 我笑着说,大概老忘不掉刘老师所以才记得这事儿。母亲告诉我,刘老师第二天就来了咱家,她很担心你心理上受影响……"真是个好孩子哩。"母亲幽幽唱道。不知她是说我,还是说刘老师。

刘老师只教了我们一年就走了。据说是考上了大学。

音乐课停了,学校没人会弹那架风琴。我们问老校长,刘老师上完大学还回来不? 校长若有所思,呆呆看天上的云彩……末了,他叹口气,轻轻说一句:刘老师有出息哩。

用事实说话借描写添色

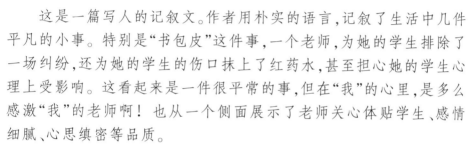

◇赏析/张 洁

这是一篇写人的记叙文。作者用朴实的语言,记叙了生活中几件平凡的小事。特别是"书包皮"这件事,一个老师,为她的学生排除了一场纠纷,还为她的学生的伤口抹上了红药水,甚至担心她的学生心理上受影响。这看起来是一件很平常的事,但在"我"的心里,是多么感激"我"的老师啊!也从一个侧面展示了老师关心体贴学生、感情细腻、心思缜密等品质。

97

本文综合运用了神态描写、动作描写、场面描写等描写方法。如:"刘老师的脸刷地红了,羞得像粉桃骨朵……""她的胸脯剧烈地起伏着,严厉地盯着大家,随后将书皮展开,她的脸刷地红了……""周围哄堂大笑,有人把挂图猛地夺走,在天上抛来抛去,领班的大孩子也冲过来……"这些描写,或生动地刻画了刘老师的形象,或渲染了当时的气氛。同时,动词的运用也很有特色。如"更惊叹她的手指,在那些黑白键条上轻轻一抹"的"抹"字,生动传神,韵味无穷。

所有老师的眼睛，是人类最深邃的，最富有洞察力的眼睛！

老师的眼睛

◆文/佚 名

  我永远也忘不了陈老师的那双眼睛。尽管这双眼睛并不大，也不是"双眼皮"，不相识的人也许会以为这不过是一双挺普通的眼睛罢了。可在我和我的同学们的心目中，这是世界上最美、最美的眼睛。

  许多人说，影星的眼睛很美。可我总觉得她们的眼里缺少了点什么。而陈老师眼里有的，正是这个。

  有一次，我病了，很重，在家躺了一星期。当我重新坐在课堂上时，那双眼睛总不时地看我几眼。我觉得她仿佛在问我："身体怎么样，能行吗？"还有一次，我摔坏了脚。陈老师知道了，到家里来看我。见我为功课苦恼，就柔声劝慰我别担心功课，安心养好伤，落下的功课她给我补……听着这亲切的话语，望着正在帮我削苹果的老师，我抬起模糊的泪眼，望着那双眼睛。我觉得陈老师的目光里，有一种软乎乎、甜酥酥的东西包住了我的全身。后来，我终于明白了这就是"爱"呀！神圣的爱！是师长对学生炽诚的爱！母亲不也正是这样爱着孩子们吗？我第一次将"母亲"——"老师"这两个词联系起来，觉得那么自然，贴切！

陈老师的眼睛也不总如此。有时竟会那么严厉！有一次测验，她告诉我们最后一道题很难，一定要抓紧时间做前面的。做着做着，我忽然发现有两道应用题在作业上做过。不知怎的，我那不争气的手怎么竟会放到了作业本上！可还没等翻开，心就跳得很快，手指也颤得厉害。同时感到有一双异常严厉的眼睛盯着我。我一抬头，正与那目光相遇。那目光里充满了责备，使我的背上像遭了芒刺一般；又像一个正在偷东西的小偷当场被人抓住一样惶恐、窘迫、难堪。我的手无力地从作业本上滑落，胆怯地垂下眼睑。我不知自己是怎么交的卷，只觉得脸上红得厉害，发高烧也从未这样难受过。下了课，陈老师问我刚才想什么，我无言辩解，也无法辩解。我偷偷地看了陈老师一眼，突然从那目光中看出一种期待、急切的期待。我不敢正视那目光，慌乱地低下头。在那充满期待的目光的注视下，我羞愧地，但还是勇敢地承认了错误。陈老师托起我的头，又帮我整好衣领，愉快地说："这才是个好孩子呢！去吧，好好复习功课，祝你下次考好！"我又望了望那双眼睛，那里流露出欣慰与抚爱的笑意。泪水迅速盈满了我的眼眶。含着悔恨与感激交织着的泪水，不知为什么竟会对老师笑了笑，真想对老师说声："谢谢您！"可不知为什么，又没说出来。

99

每当我想起这件不光彩的事，就脸上发烧；每当我想起陈老师那双美丽的眼睛，就会浑身都充满了力量。

哦，陈老师的眼睛，所有老师的眼睛，是人类最深邃的，最富有洞察力的眼睛！

出色的心理描写

◇赏析/张　洁

　　这是一篇写人的记叙文。作者通过描写老师的眼睛赞美了老师热爱学生,教书育人的崇高精神。

　　"眼睛是心灵的窗口",作者描写老师的眼睛,总是先记叙后议论,在记叙的基础上适时恰当地发表自己的感受,使人们透过眼睛这个心灵的窗口去感知老师身上的崇高品质。

　　本文成功地运用了心理描写。作者在文中多处对自己的心理活动进行真实细腻地描写。如"可还没等翻开,心就跳得很快,手指也颤得厉害。"把当时作弊的紧张程度再现了出来。"我的背上像遭了芒刺一般;又像一个正在偷东西的小偷当场被人抓住一样惶恐、窘迫、难堪。"真实地表现了"我"作弊被老师发现后的惊慌、害怕和难堪。"真想对老师说声'谢谢您!'可不知为什么,又没说出来。"准确地表达了"我"的悔恨和感激交织的无比激动的感情。这些心理描写充分说明了老师对"我"的影响及"我"对老师的感情。

　　文章最后一段围绕老师的眼睛进行议论,升华了文章的主题,把"我"对陈老师的感情上升到人们对老师的感情这一新的高度。

他们坐在地上不停喘着粗气,刚才那惊险的一幕让他们觉得胸口一阵阵灼热,心剧烈地跳动。

绿 色 的 梦

◆ 文/佚 名

土娃是个山里娃,他们的小村子顶多不过百把人,却被突兀森郁的爪牙山包围着,每天最多只能见到四个多小时的太阳。闭塞的交通、恶劣的环境,使这里成了远近闻名的"穷窝窝"。

那年夏天,来了位女老师,在这小村里开设了一小间学堂。目不识丁的祖辈们受够了穷苦的滋味,决定把土娃他们送进学堂。

开学那天,土娃娘特地为土娃穿上了过年都没舍得穿的新衣裳,又给他缝了个布包。爹笑眯眯地带着土娃去了学堂,交给了那个年轻俊俏的女老师,土娃见她的第一次,便很喜欢她了——一件跟叶子颜色差不多的绿衬衫,两条长辫子,还有那如水晶般的眸子。女老师似乎也很喜欢机灵淘气的土娃,一见他就笑眯眯地给他找座位。

在这里上学的还有土娃隔壁的小伙伴——小狗子和小欢子。

第一天的课,首次让这群山里娃体会到了知识带来的快乐,老师讲得很认真,他们听得更认真。他们的双眸里同时闪烁出喜悦的光芒,那是所有东西都不能代替的。

日子在平静又欢乐中度过,转眼到了暑假。一天,土娃和小狗子在草场上玩,突然小欢子喘着粗气急急忙忙过来。"不好了、不好了。老师上爪牙山拾松果摔断腿了!"小欢子在不远处就叫了起来。"怎么回事?"土娃立刻意识到事情严重,便跑过去问究竟。

原来,善良的女老师知道这里的山民们大多交不起学费,向村长打听得知爪牙山上产松果。她便想利用暑假时间上山采些松果,到城里换些钱买课本,让孩子不再抄书,让乡亲们少一些负担,可不料头次上山便……

土娃、小狗子、小欢子都不约而同地哭了,为那个善良的女老师哭了。汗水、泪水浸湿了他们的衣裳,也同时浸湿了他们的心。

第二天,太阳刚照进小山村,他们几个便约好,去完成躺在病床上的老师未完成的那个心愿——上山拾松果,换钱,买书本。

他们带上一点干粮出发了。等他们来到半山腰,太阳已经照进山林,阳光星星点点投向阴森的林间小道。他们一刻也没耽误,遇见松果就捡,山里娃到底是山里娃,干起活来手脚麻利,动作利索,不到一顿饭的工夫便捡了一麻袋。

远远的,他们看见被誉为"吊死崖"的悬崖边有好多松果。"去不去?"小狗子推推土娃试探着问。土娃刚想说去,突然又想到:去年王大婶家的小龙就是在这里摔死的。万一摔下去了……土娃脑子里一片空白。这时女老师在病床上的情景仿佛呈现在他眼前:一张苍白的脸,眸子里失去了往日的光泽,摔断的腿被裹得严严实实地被吊了起来。

他再也忍不住了,跑过去俯下身子便捡了起来,小狗子、小欢子见他这样,也跑过去捡了起来。

突然,土娃听见一声惨叫"啊!"他猛地抬头一望——小狗子手抓着一丛草根,下半身已悬在半空,他的心猛一跳:"糟了……"他紧张极了,立刻叫小欢子:"小欢子,快过来!"闻讯赶来的小欢子,也明白了怎么回事,丢下麻袋就跑了过来。

"救命,救命……"小狗子还在不停呼叫,手紧紧抓住草根,脸色通红露出疼痛难熬的表情,显然他快支持不住了。"我来救你——"土

娃抱紧一棵松树,伸出一只手抓住小狗子,小欢子又抱住土娃,费了好大劲儿,他们两个才把小狗子拉上来了。

他们坐在地上不停喘着粗气,刚才那惊险的一幕让他们觉得胸口一阵阵灼热,心剧烈地跳动。

过了会儿,他们又毅然俯下身子仍旧拾崖边的那些松果,因为他们恐惧的心被一种伟大的力量占据着——为了买课本;为了那个绿叶般清纯善良的女老师;为了这偏远闭塞的小山村。

他们内心充满了喜悦,他们有了自己的理想,有了绿色的梦——长大当一名像女老师那样的人民教师,把自己的绿色献给大地,让大地处处充满生机!

绿叶对根的情义

◇赏析/石 流

本文采用叙事的手法讲述了一位年青女教师献身偏远山区教育事业的感人事迹,她的无私奉献的精神感染了她的每一位学生,绿色的梦在他们脚下延伸。

文章对女老师的肖像描写、行为描写是在叙事中进行的。女老师在这个远近闻名的"穷窝窝"开设了一小间学堂后,深知知识重要,让受够了穷苦的滋味的目不识丁的祖辈们看到了摆脱贫困的希望,村民纷纷把孩子送到了年青俊俏的女老师身边。女老师的外貌特征相当朴素:一件跟叶子颜色差不多的绿衬衫,两条长辫子,如水晶般的眸子。女老师也相当的和蔼,土娃上学的第一天,女老师"一见他就笑眯眯地给他找座位"。女老师非常敬业,第一天就让"这群山里娃体会到了知识带来的快乐",土娃他们双眸里闪烁出的喜悦的光芒,是对知识的渴求,是对理想的追逐。女老师非常善良,为了"让孩子不再抄书,让乡亲们少一些负担",利用暑假采松果不小心摔断了腿。就是这样一位好老师,用绿叶对根的情义,把自己火红的青春留在了大山,把无私的爱洒向了大山的儿女。

文章后面写土娃他们为完成老师未完成的心愿,竟不顾生命危险去拾松果,表明了一种"伟大的力量"正深深地感染着他们,指引着他们向着梦想前进。

> 春天的雨点,落在草原上;草原上正萌发着蓬勃的生机。春天的雨点,仿佛也落在了达丽玛的心里。

春天的雨点

◆ 文/佚 名

达丽玛坐在教室的板凳上，圆溜溜的一双眼睛正望着老师乌汉娜，但是她的心正和春风一起，游荡在大草原上。"达丽玛，这个问题你来回答。"乌汉娜从四十二双眼睛里，发现了达丽玛这双走了神的眼睛。达丽玛站起来，无法回答，脸羞得红红的。"放学后，你到办公室来，我给你补这堂课。"达丽玛坐下来，竭力忍住，才没让眼泪掉下来。

孩子们活蹦乱跳地背着书包放学了，达丽玛低着头走进了办公室。乌汉娜让达丽玛坐在自己身边，像是对着四十二位学生，又开始讲课了。达丽玛望着老师严肃的面容，认真的表情，心里发誓：上课再不能让心跑向大草原了。她把老师的每一句话都印在心里……

补课完毕，她才看见窗外飘洒着细细的春雨。

"老师，下雨了？"达丽玛惊奇地问。"你没有看见闪电吗？没有听见雷声吗？"乌汉娜问。达丽玛摇摇头。"你什么都没听见？"乌汉娜又问。"老师，我只听见您给我讲课了。"是啊，她只听到老师沙哑的嗓音，只看到老师发干的嘴唇，哪注意到闪电、雷声？乌汉娜忘记了一切疲劳，压抑住心头的激动："哦，达丽玛……你会学好，我放心了……"

乌汉娜老师解开蒙古袍衣襟，把十岁的达丽玛搂在身旁，在绵绵春雨中，送孩子回到家，然后扭身走了。达丽玛摸着自己干干的衣服，依在门前深情地望着老师的背影在细细朦胧中远去……春天的雨点，落在草原上；草原上正萌发着蓬勃的生机。春天的雨点，仿佛也落在了达丽玛的心里。

润物细无声

◇赏析/李　霖

提到春天的雨点，我们通常会想到春天的小草、嫩芽、花朵，想到春雨滋润万物的无声无息，想到绵绵春雨给大地带来的勃勃生机。《春天的雨点》借景抒情，表面上写的是春天的雨点，实际上是在赞美老师给予学生的如春天雨点般的无私的爱。

上课时达丽玛的心和春风一样在大草原上游荡，这一描写既交代了环境是在春天里，又交代了达丽玛上课不专心，为老师补课一事埋下了伏笔。课补完后，窗外下起了细细的春雨。"老师，下雨了？"这一过渡，表现了达丽玛的变化，她太专心了，不知道外面下雨了，有闪电，有雷声，老师播下的知识种子在达丽玛心田里生根了，老师对达丽玛的教育产生了作用。在绵绵的细雨中，乌汉娜老师把达丽玛送回了家。再次写春雨中老师的作为表明老师不仅传授了学生知识，还给予了学生无微不至的关怀。"春天的雨点，落在草原上；草原上正萌发着蓬勃的生机。春天的雨点，仿佛也落在了达丽玛的心里。"这里既写了自然界的春雨，又写了老师的爱如春雨，点明了题旨，升华了主题。

每一个东西都有一个名字,每个名字产生一种新的思想。

伟大的日子

◆ 文 / [美]海伦·凯勒

在我的记忆中,我平生最重要的日子,是我的老师安妮·沙莉文来到我身边的那天。这一天联系着我两种截然不同的生活,每想到这一点,我的心里便充满了神奇之感。那是一八八七年三月三日,距离我满七岁还有三个月。

在那个重要的日子的下午,我一声不响地站在大门口,我在等待。我从妈妈的手和屋里匆忙来往的人们,模糊地感到某种不寻常的事情就要发生。我来到门口,在台阶上等待着。午后的阳光穿过覆盖在门廊上的金银花,落在我仰着的脸上。我的指头几乎不自觉地流连在熟悉的树叶和花朵之间。那花似乎是为了迎接南方春天的阳光才开放的。我不知道未来给我准备了什么奇迹和意外。几个礼拜以来,我心里不断地受到愤怒和怨恨的折磨。这场激烈的斗争使我感到一种深沉的倦怠。

你曾在海上遇到过雾么?你好像感到一片可以触摸到的白茫茫的浓雾,把你重重包围了起来。大船正一边测量着水深,一边向岸边紧张焦灼地摸索前进。你的心怦怦地跳着,等待着事情的发生。在我开始受到教育之前,我就像那只船一样。只不过我没有罗盘,没有测深锤,也无法知道海港在哪里。"光明! 给我光明!"这是我灵魂里没有语言的呼号,而就在一小时之后,爱的光明便照耀到了我的身上。

我感觉到有脚步向我走来,我以为是妈妈,便向她伸出了手。有个人握住了我的手,把我拉了过去,我被一个人抱住了。这人是来让我看到这个有声有色的世界的,更是来爱我的。

我的老师在到来的第二天便把我引到了她的屋里,给了我一个玩具娃娃。那是柏金斯盲人学校的小盲童们送给我的。衣服也是罗拉·布莉治曼给它缝的。但这些情节我都是后来才知道的。

在我玩了一会儿玩具娃娃之后,沙莉文小姐便在我手心里拼写d—o—l—l这个字。我立即对这种指头游戏感到了兴趣,模仿起来。最后我胜利了,我正确地写出了那几个字母。我由于孩子气的快乐和骄傲,脸上竟然发起烧来。我跑下楼去找到妈妈,举起手写出了doll这个字。我只不过用指头像猴子一样模仿着。在以后的日子里,我以这种并不理解的方式,学会了很多字,其中有pin(大头针)、hat(帽子)、cup(杯子);还有几个动词,如sit(坐)、stand(站)、wall(走)等。到我懂得每一样东西都有一个名字的时候,已是我的老师教了我几个礼拜之后的事了。

有一天,我正在玩着新的玩具娃娃,沙莉文小姐又把我的大玩具娃娃放到了我的衣襟里,然后又拼写了doll这个字。她努力要让我懂得这两个东西都可以用doll(玩具娃娃)这个字表示。

前不久我们刚在"大口杯"和"水"两个字上纠缠了许久。沙莉文小姐想尽办法教我m—u—g是"大口杯",而w—a—t—e—r是"水"。可是,我老是把这两个字弄混。她无可奈何,只好暂时中止这一课,打算以后利用其他机会再来教我。可是,这一回她又一再地教起来,我变得不耐烦了,抓住新的玩具娃娃,用力摔到地上。我感到玩具娃娃摔坏了,破片落在我的脚上。这时我非常高兴,发了一顿脾气,既不懊悔也不难过。我并不爱那个玩具娃娃。在我生活的那个没有声音没有光明的世界里,本没有什么细致的感受和柔情。我感到老师把破

片扫到壁炉的角落里,心里很满足——我的烦恼的根源被消除了。她给我拿来了帽子,我明白我要到温暖的阳光里去了。这种思想(如果没有字句的感觉也能称之为思想的话)使我高兴得手舞足蹈。

我们沿着小路来到井房。井房的金银花香气吸引着我们。有人在汲水,老师把我的手放在龙头下面。当那清凉的水流冲在我的手上的时候,她在我的另一只手掌心里写了 w—a—t—e—r(水)这个字。她开始写得很慢,后来越写越快。我静静地站着,全部注意力集中到她指头的运动上。我突然朦胧地感到一种什么被遗忘了的东西——一种恢复过来的思想在震颤。语言的神秘以某种形式对我展示出来。我明白了"水"是指那种奇妙的、清凉的、从我手上流过的东西。那个活生生的字唤醒了我的灵魂,给了它光明、希望和欢乐,解放了它。当然,障碍还是有的,但是已经可以克服了。

109

我怀着渴望学习的心情离开了井房。每一个东西都有一个名字,每个名字产生一种新的思想。当我们回到屋里去时,我所摸到的每一件东西都好像有生命在颤动。那是因为我用出现在我心里的那种奇怪的新的视觉"看"到了每一个东西。进门的时候,我想到自己打破了的玩具娃娃。我摸到壁炉边,把碎片捡了起来。我努力把它们拼到一处,但是没有用。我的眼里噙满了泪水。因为我懂得我干了一件什么样的事,我第一次感到了悔恨和难过。

那一天我学会了很多字,是些什么字,我已忘了,但是我确实记得其中有妈妈、爸爸、姐妹、老师这些字——是这些字让世界为我开出了花朵。在那个新事频出的日子的晚上,我睡上了自己的小床,重温起那一天的欢乐,恐怕很难找到一个比我更加快乐的孩子。我第一次渴望新的一天的到来。

爱 的 天 使

◇赏析/黄 艳

在《伟大的日子》里,我们遇到了安妮·沙莉文小姐,她不愧为一位伟大的老师,她给海伦·凯勒的一生带来了希望和光明。

沙莉文小姐是一位有爱心的老师,当她迈着轻盈的脚步向"我"走来时,"我"感到了她像妈妈一样温暖。她握住"我"的手,拉过"我",把"我"抱住,让"我"觉得她就是来爱"我"的。

沙莉文小姐是一位用心的老师。她用"特殊"的方法——指头游戏教"我"懂得每一样东西都有一个名字,并教"我"拼写这些名字,让"我"对世界充满了好奇心,激起了"我"求知的欲望。

沙莉文小姐是一位耐心的老师。当"我"遇到障碍时,她静静地让"我"发泄烦恼,又试着用新的方法让"我"理解事物,让"我"重新燃起渴望学习的热情。

沙莉文小姐的到来是海伦·凯勒一生中最伟大的日子。从这一天起,她从黑夜走向了光明,开始懂得世界,获得快乐。沙莉文小姐就是一位爱的天使。

"小花,老师祝贺你!"邓莉忘情地将小花拥进怀里,把青春滚烫的脸颊贴到少女那绯红柔嫩的脸上……

老师与小伶仃

◆文/黄卫东

自邓莉老师接这新生班的第一天起,大凡每天上课,都看到刘小花脑后那束乱蓬蓬的发团。

课间,邓莉紧皱眉头,面对刘小花:"今后多注意个人卫生,把头梳好。"

"爸爸——他——"刘小花结巴着,"他不会——给我 梳头。"

"是撒谎吧?"邓莉的眉头皱得更紧,"你妈妈呢?难道你妈妈也不会梳头吗!"

刘小花紧咬嘴唇不肯吭声了。

连续几天上课,细心的邓莉老师惊异地发现,刘小花脑后乱发依旧,只是她那不安的大眼睛里,多了束哀怨、惶恐的目光。

"刘小花,明天让家长来一趟!"邓老师果真动气了,同时觉得被这个小女孩戏弄,旋即也觉得事情有些蹊跷。

第二天,从刘小花质朴憨厚的工人父亲嘴里得知:小花很不幸,在她七岁那年,母亲被一场意外事故夺去了生命,而父亲又是不会理家的老实得过分的男人。

望着面前这个眼泡红肿、孤苦伶仃的小女孩，善良的姑娘鼻子酸了，眼泪直在眼眶打转，她轻叹一声，真是个小伶仃。随后邓莉把刘小花领到水房，替她洗脸梳头，片刻之间，刘小花脑后两条油光锃亮的小瓣子梳好了。"从明天起你每天早晨到这来，老师给你梳头，爸爸没时间。"邓莉耐心地叮嘱着。"嗳——"刘小花答着，抿着小嘴甜甜地笑了。

　　转过年仲夏的一天下午。

　　刘小花身穿乳白色连衣裙，头扎粉紫色蝴蝶结，如一朵小豌豆花似的飘进邓莉老师办公室，欣喜而恭敬地把一包糖果放在桌子上："昨天爸爸给我娶了个新妈妈，今后又有妈妈爱我啦。爸爸说，让我谢谢您……"刘小花说着深深地给老师鞠个躬。

　　"小花，老师祝贺你！"邓莉忘情地将小花拥进怀里，把青春滚烫的脸颊贴到少女那绯红柔嫩的脸上……

　　"太好啦，小花！真的太好了。"室内的几位女老师也一改往日矜持而严肃的常态，不停地用手绢擦着湿漉漉的眼角……

　　从这以后，年轻老师们看见刘小花，依然爱"小伶仃"、"小伶仃"地喊她，似乎成为一种偏爱和习惯。

　　不久，邓莉老师调到了另外一所小学任教，整整一年再没见到刘小花。

　　一天放学后，天空阴云密布，酝酿着一场暴风雨。邓莉急匆匆朝家走，刚拐过十字路口，她骤然站住了。咦！墙角下蜷曲着，胸前挎个大书包的女孩，不是刘小花吗？老师的眼睛是经过严格锻炼过的，每个学生每个细微的动作，无意中一个神态，她都能准确判断出是她教过的哪位学生。

　　邓莉奔到近前，果然是刘小花。只见她头发蓬乱，衣裤不整，一副孤独寂寞的神色，忙问："小花，放学咋不回家呀？"

　　"邓——老——师！"刘小花眼睛一亮，惊喜地仰起脸来，随后眼圈一红说："爸妈吵架——好凶——我怕——"

　　"为什么要吵，啊——？"邓莉老师的目光中充满了审视和疑问。

“妈妈生小弟弟了，说没时间管我。爸爸……”刘小花哽咽着说。

凝视着面前的孩子，稍有一点社会经历的人，也不用再问什么了。她沉默片刻，从肩上的挎兜里掏出木梳，说：“小花听话，梳完头快回家，家里人会着急的，啊！”

邓莉伸手要给小花梳头，突然双手被一双小手抓住了，“邓老师，你教我梳头好吗？”

邓莉无奈而凄苦地笑着说：“不行的，你才是九岁多的孩子嘛。”

“不——我——行！”小花刚强地晃着脑袋说，“昨天爸爸抱着我哭着说，让我以后学会梳头，洗衣服，自己管自己呐。”刘小花说着像变魔术似的从书包里拿出一把墨绿塑料小木梳来，“爸爸给我买的。”

“你是个好孩子，老师教，教你。”邓莉心一酸，大滴的泪珠涌出眼眶……刘小花那天真单纯的童音，像刀子般无情地切割她的心。她让小花背过身去，边做示范边握住刘小花拿木梳的右手说：“梳头时先把头发从头顶分开，然后再一边一边地梳辫子……”

刘小花笨拙地梳着头发，竟咯咯地笑起来，到底是个孩子呀。

邓莉疼爱地看着刘小花，心想：自己像小花这么大时，还是个只会躺在妈妈怀里撒娇的小丫头哇。待刘小花梳好头，帮她收拾好书包，邓莉轻轻抚摸刘小花那瘦削的脸蛋，一句话也说不出来。“谢谢老师！”刘小花礼貌地说，转身朝前面那片职工住宅走去。

泪眼模糊地目送刘小花那瘦弱的背影离去，邓莉老师在那里站了很久很久……

欣慰中的心酸之泪

◇赏析/宋安琪

这篇文章的情节围绕着刘小花脑后那束发团一步步展开，让我们看到了一位细心的、心地善良的、有如母亲般的女教师和一个不幸

家庭中的孩子。

细心的老师通过刘小花脑后那束乱蓬蓬的发团了解到了这是一个孤苦伶仃的小女孩,母亲被一场意外事故夺去了生命,父亲是一个不会理家的老实过分的男人,从此每天早晨帮她梳头。"刘小花身穿乳白色连衣裙,头扎粉紫色蝴蝶结,如一朵小豌豆花似的"则暗示了有了帮她梳头的人,老师也为此感到高兴。情节继续向前发展。"只见她头发蓬乱,衣裤不整,一副孤独寂寞的神色",从这仔细的观察中我们可以看出老师对她的关心,同时也暗示了没有人管她了。文章以刘小花要求老师教她梳头结束。读到这里,我们也和文中的那位老师一样感到欣慰:这是一个多么懂事的孩子啊!但却从欣慰中流出了心酸之泪:她到底还是个孩子呀!

好绚烂缤纷啊！教室的每个角落都摆着花枝，学生们的课桌上放着花束，我的讲桌铺了一块大大的花"毯"。

你们都是最优秀的

◆ 文/[美]珍妮丝·康纳利

　　我开始教学生涯的第一天，先上的几节课里还顺利。我于是断言，当教师是件容易的事。接着，轮到了我那天的最后一节课——给七班上课。

　　当我朝教室走去时，我听见了桌椅乒乒乓乓的撞击声。我走进教室，见一个男孩将另一个男孩按在地板上。"听着，你这低能儿。"被压在底下者嚷道："我又没骂你妹妹！"

　　"不许你碰她！你听到我的话了么？"骑在上面那男孩威胁道。

　　我用黑板擦在讲桌上拍了拍，叫他们停止打斗，刹那间，十四双眼睛刷地一下集中到我脸上。我意识到自己没什么震慑力。那两个男孩悻悻地爬起来，慢条斯理地走到自己座位上。这时，走廊对面教室的老师把头伸进门来，呵斥我的学生们坐下，闭上嘴巴，照我的话去做。我感到无能为力，被冷落在一边。

　　我尽力地讲授我备好的课，但遇到的却是一片谨慎戒备的面孔。下课后，我拦住了打架的那个男孩，他叫马克。"老师，甭浪费时间喽！"他对我说，"我们是低能儿。"说罢便优哉游哉地溜出了教室。

我一听登时瞠目结舌，颓然跌坐在椅子上，开始怀疑我究竟是否该当教师。像这样尴尬地收场，难道是解决问题的办法么？我对自己说，我姑且忍耐一年——待翌年夏天结婚后，我将去做更有收益的事情。

"他们让你为难了，是不是？"先前进来干涉的那位同事问。

我点点头。

"别犯愁，"他说，"我在暑期补习班教过其中许多人。他们中的大部分都将毕不了业，我劝你不要把时间浪费在那帮孩子身上。"

"你的意思是……"

"他们生活在田间的小棚屋里，他们是随季节流动的摘棉工的孩子，只有在心血来潮时，他们才会来上学。昨天摘蚕豆时，挨揍的那男孩招惹了马克的妹妹，哥哥便叫人报复。今天吃午饭时，非叫他们闭嘴不可。你只需让他们有点事做，保持安静就行了。如果他们惹麻烦，就打发他们来见我。"

当我收拾东西回家时，总也忘不了马克说"我们是低能儿"时脸上的表情。低能儿！这字眼在我脑海里反复出现。我琢磨了许久，认为必须采取点戏剧性的行动。

次日下午，我请求那位同事别再进我的教室来，我要按照自己的方式来管束这些孩子，我返回教室，逐个打量着学生们。然后，我走到黑板跟前，写上"丝妮珍"。

"这是我的名字，"我说，"你们能告诉我它是什么吗？"

孩子们说我的名字挺古怪的，他们以前从没见过那样的名儿，于是，我又走近黑板，这次我写的是"珍妮丝"。几个学生当即脱口念出声来，随后蛮有兴趣地说那就是我。

"你们说得对，我的名字叫珍妮丝。"我说，"我刚上学时，老把自己的名字写错。我不会拼读词语，数字在我脑海里浮游不定。我被人称做'低能儿'。对了——我是个'低能儿'。我至今依然能听见那些可怕的声音，感到羞惭不已。"

"那你是如何成为老师的？"有个学生问。

　　"因为我恨那外号。我脑子一点也不笨,我最爱学习,所以才会在今天给你们上课。倘若你们喜欢'低能儿'这贬称,那么你们尽可以走,换个班好了。这间教室里没有低能儿!"

　　"我不会迁就你们。"我继续说,"你们要加倍努力,直到你们赶上来。你们将会以优异的成绩毕业——我还希望你们当中有人接着读大学哩。这可不是开玩笑,而是许诺。在这间教室里,我再也不想听到'低能儿'这词儿了。因为,你们都是最优秀的,你们明白了吗?"

　　这时,我发现他们似乎坐得端正些了。

　　我们确实非常努力。时隔不久,我便看到了希望。尤其是马克,相当聪明。我听他在走廊内对另一个男孩说:"这本书真好,我们原先从没看过小人书。"他手里拿着一本《杀死模仿鸟》。

　　几个月眨眼就过去了,孩子们的进步令人吃惊。有一天,马克说:"人家认为我们笨,还不是因为我们讲话不合规范。"这正是我期待已久的时刻。从此,我们可以专心学习语法了,因为他们需要它。

　　眼看六月日益临近,我心头好难过:他们要学的东西实在太多了。我的学生都知道我即将结婚,离开这个州。每逢我提起这事,七班的学生们便明显躁动不安起来。我为他们喜欢我而高兴。但是我就要离开这所学校了,他们会生我的气吗?

　　最后一天我去上课时,一走进大楼,校长即招呼我:"请你跟我来,好吗?"他面无表情地说,"你教室里出了点蹊跷事。"他径自直视前方,带着我穿过走廊。我暗自纳闷:这次又是怎么啦?

　　嗬!七班的教室外边,十四名同学整齐地站成两排,个个笑逐颜开。"安德逊小姐,"马克不无自豪地说,"二班送给您玫瑰,三班送给您胸花——然而,我们更爱您。"他示意我进门,我凝神往里头瞧去。

　　好绚烂缤纷啊!教室的每个角落都摆着花枝,学生们的课桌上放着花束,我的讲桌铺了一块大大的花"毯"。我分外惊讶:他们是怎么办成这事的? 要知道,他们大多来自贫困家庭,为了吃饱穿暖得靠学校补助。

　　此情此景,使我不由得哭泣起来。他们也失声跟着我哭了起来。

后来,我才弄清楚他们办这事的经过。马克周末在当地花店干活时,看到了别的几个班为我订的鲜花,遂向同学们提到它。这个自尊心极强的孩子,再不能忍受"穷光蛋"这类带侮辱性的称呼。为此,他央求花店老板将店里不新鲜的花统统给他。尔后,他又打电话到殡仪馆,解释说他们班需要花为即将离任的老师送行。对方颇受感动,同意把每次葬礼后省下的花束给他。

那远不是他们给我的惟一礼物。两年后,十四名同学全都毕业了,其中还有六人获得了大学奖学金。

二十年后,我在一所著名的大学任教,距我当年从教时那地方不太远。我获悉,马克跟他的大学情人喜结良缘,并成为一位成功的企业家。更凑巧的是,三年前,马克的儿子进了由我执教的优秀生英文班。

每当我回忆起那一天被学生顶撞,自己居然想放弃这一职业,去做"更有收益"的事情时,我就禁不住哑然失笑。

爱的收获之花

◇赏析/卢丽丽

　　没有一个学生会承认自己笨，承认自己是"低能儿"。那些认为把时间花在这些"低能儿"身上是浪费的老师是不负责任的。在一位有爱心、有责任心的老师眼里，没有一个学生是"低能儿"，所有的学生都是最优秀的。

　　安德逊小姐就是按照自己的方式证明了这一点。她对这些被别人认为是"低能儿"的孩子采取了鼓励的方法，认为他们是最优秀的，给予他们希望、信心和爱心。有了老师的鼓励和肯定，这些孩子就有了学习的动力，学习也就更加认真、努力，并取得了惊人的进步。作为一位老师，最难得的就是自己所教的学生能够接受自己，并喜欢自己、爱自己。安德逊小姐能够得到七班十四名同学的爱，能够收到孩子们由打工和真心恳求得来的鲜花，是源于她对学生的爱——不放弃他们的爱。因为有老师的不放弃，才有这十四名同学的顺利毕业，才有其中六人获得了大学奖学金，才有这爱的收获之花。

> 我把它们分发给学生时，双眼一直看着他们的脸，直到看到他们也对我回看，才把视线移开。

考 验 老 师

◆ 文／[美]艾尔·约翰逊

　　有个名叫卡莉·韦斯特的女生，使我取得了一项大胜利。我第一天授课时，曾在班上宣布："我只有一条规则——尊重你自己和教室里所有其他的人。如果你不懂得尊重自己，就自然也不懂得尊重别人。如果你不懂得尊重自己，那就代表你有问题。我们会纠正这问题，因为人人都有享有个人尊严的权利。"

　　后来，卡莉突然莫名其妙地有了一种"不好的行为"。我讲话的时候。她会直望着我的眼睛，大声打呵欠。她的呵欠总是历时长久又动作夸张，还具有感染力，会使许多别的学生也都打起呵欠来。

　　卡莉每打完一个呵欠，都会露出可爱的笑容，并且装作很诚恳地道歉。当然，我和她都知道她一点也无歉意。这显然是对教师的考验。

　　"打个电话给她父母，"海尔·葛雷向我建议，"你打了个电话到他们家里去之后，那些孩子就会突然乖起来。"

　　"可是以前我读书时，如果有个老师打电话到我家，说我行为不好，我父亲必定把我痛打一顿。"我说。

　　"你不必提起她在教室里行为不好，"海尔说，"你只要跟她母亲

或者父亲闲聊几句,她就能够会意了。"

我不喜欢这么做。她的父母会问我她在学校里乖不乖,而我只能据实相告。不过我总得想个办法。也许可以写封短信给她父母,这样,我就可以随便说什么,又不必答复他们提出的问题。然而,要是我坦白告诉韦斯特夫妇卡莉在教室里捣乱,他们就被迫要表明立场。如果他们要偏袒女儿,我就输了。

终于,我写封短信给韦斯特夫妇,告诉他们说,我对于有卡莉这样的孩子在我班上,感到非常高兴,因为她聪明伶俐,风趣可爱,而且成绩不错,总平均是乙。我没有封信封口。第二天,卡莉第一次打呵欠之后,我就把信递给了她,请她交给父母。她当然偷看了。这是卡莉最后一次在教室里打呵欠。

到了下星期一,她走到我的讲桌前。"强森小姐,谢谢你那封信,"她说,"我母亲把它贴在了冰箱上让大家看。在我家,那里就是光荣榜。不过我父亲不相信我在你教的那科能拿到乙。"

"我看不出为什么不能,"我回答说,"你很聪明,总是最先交作业。"

"不错,"卡莉说,"但是我从未得过甲。"

"那是因为你总是不能把作业做完。如果你把作业做完,你会得甲的。"

"可是我的测验成绩也从未得过甲,"卡莉说时,低头瞧着她的笔记本,"我总是拿丙。"

"你是否从来不温习?"

"是的。"

"我敢打赌,要是你肯用功温习,就会拿甲。"我用手指轻敲她的笔记本,直到她抬起头来看着我。"我是说真的。"

"你确实认为我很风趣?"她问。

"是的。"我点头说。

下一次考试时,卡莉拿到了乙上。到了年底,她英文的成绩进步到了甲。

这个成就令我大为鼓舞,我决定给每一个学生写信。我分三批写。第一批写给"坏"学生,因为我认为他们最需要鼓励。有时候我要想很久才能想到些好话,但是我从不说假话。我在每一封信里都说,由于这孩子品性纯良、彬彬有礼、善于与人相处,我对于有他在我班上,感到很开心。

我的功夫并没有白费,只有少数学生依然故我,大部分都已改变了以往的不足。杰森不再是个贫嘴的小鬼,他已成为一个"聪明机智的年轻人,班上举行讨论时,他的言论常常能够提供一点人人欢迎的风趣"。雪莉是个成绩只勉强及格的学生,但是她"总是把头抬得高高的,充满自信,觉得自己是个衣着不俗而举止高雅的少女。"

给"模范学生"的信很容易写。我赞扬他们字写得好,不缺课,测验分数高。而且我也没有忘记称赞他们的行为和性情,因为孩子对这些比对学业荣誉重视得多。

我开始写第三批信给那些既不特别好,也不特别坏的"中间"学生时,骇然发觉自己对他们之中的一部分人竟然毫无印象。然后,我开始反省为什么会有那么多好孩子这么容易在我这儿会受到遗忘。他们说话不粗声粗气、举止比较斯文、性格不偏激。他们不惹是生非,也不喜欢出风头。他们在莘莘学子中默默无闻,而他们之所以会这样,往往是出于自愿,但有时则是由于被别人比了下去。

最后一批我写得特别小心,花了许多时间。我把它们分发给学生时,双眼一直看着他们的脸,直到看到他们也对我回看,才把视线移开。

给每个学生都写信之后,我感觉到学生渐渐对我都亲密起来。那种感受美妙极了。我发觉教室里的气氛也已改变,那些学生也真正相信我对他们每个人都有了认识,对我不再采取对立的态度了。我们互相尊重。

一封充满爱的信

◇赏析/卢丽丽

　　一封信,成为了卡莉全家心目中的光荣榜;一封信,征服了调皮可爱的卡莉;一封信,使卡莉的成绩频频提高;一封信,使老师得到了卡莉的信任;一封信,使老师通过了学生的考验。然而,这绝不仅仅是一封普通的信。这是一封老师赞美学生的信。

　　老师给学生写信是很难得的,更难得的是给每一个学生写信。因为这不仅需要时间,还需要老师对每一个学生都有一定的认识。这就要求老师细心的观察,认真了解每一个学生的行为、喜好和性情。老师在给学生写信的时候还要注意认真措辞。因为老师的话在学生的心目当中占有很重要的位置,所以要时时鼓励他们,肯定他们。但重要的一点是不能说假话。

123

　　老师要得到学生的尊重,和学生建立起亲密的关系并不难,就看老师有没有耐心、细心和爱心。有了这三"心",我相信老师和学生一定能够互相信任、互相尊重。

这次漫长的等待中,我想起泰戈尔的一句名言:"不是锤的打击,而是水的载歌载舞才形成了美丽的鹅卵石。"

捻亮了灯等你

◆ 文/佚 名

冬天的夜,来得早。

电话铃响了。一个稚嫩的童音:"是田老师家吗?""是,我就是。"我急忙应道。打电话的是我班上最调皮的男孩。"明天一早,侯婕要转学回老家。大家商量明早六点在学校为她送行。您能参加吗?""当然!我一定准时到达!"我不假思索。"真的?!谢谢老师,再见!"一瞬间,我好像看到了电话那头甜美的喜悦。

整整一夜,我的心一直被什么激动着。几个月前,那是怎样一个班?纪律涣散、习惯恶劣、成绩落后,直到新学年开始,都无人愿接。而今天这一举动又怎么会发生在他们身上?早晨六点!天哪,那是黎明前最黑的时候!这坐落在山脚下犹如荒岛的小学校,天一黑,老师们都要结伴而行⋯⋯我的心乱极了,再想要阻止已没有可能。我细数着钟表的滴答,总算熬过了这一夜。

匆匆洗漱完,抓起背包便冲出家门。冰冷的黑土,呼啸的寒风,吞并着深沉的夜色扑面而来。奇怪的是,恐惧并没有想像中那样包围我。我加紧步子,只有一个念头盘踞在心头:"愿孩子们安全!"踩过煤

渣垫起的小路，穿过仍在沉睡中的矮房，我一口气爬上了陡坡。

几声清脆的童声离我越来越近。"老师！您在等我们？"一个女孩惊喜地发现了我。几个同学如欢奔的羔羊般朝我跑来。我张开双臂想要将他们全部拥在怀里，告诉他们我有多么的担心。

校园里一片漆黑，只有传达室透出一点光亮。我和孩子们急步跑向校门，只想稍稍安抚这群受惊的心灵。叫醒了值班的师傅，我来不及过多地解释，只有点点头表示歉意。没有约定，我和孩子们一同在黑暗中开始寻找所有的照明开关。当一个个并不明亮的灯泡被点亮时，我们都长长地舒了口气。我问他们："是害怕吗？"一个男孩告诉我："不是！打开灯，所有在坡下和山上的同学很容易就看到了教室的亮光，他们就不会害怕了。"望着这些天真无邪的面孔，我眼中的泪水涌动了。"好了，孩子们，呆在教室，我要去接没来的同学，等着我！"

站在土坡上，冷风撩拨着我的头发，冷极了！我心里一遍遍在呼喊："孩子们，快让我看到你们！"焦急、企盼、忧虑交织在一起，眼泪冻结在我的眼里。

远处，山坡上传来一群孩子的说话声。我激动得快要跳起来了。"快看！教室灯亮了！""快点儿，咱们迟到了！"几个孩子挥舞着双臂向学校飞奔而来，大大的书包在他们身后一颠一颠。黑暗中闪烁着点点微弱的白亮，那是孩子们精心赶制了一夜的贺卡。

"老师，已经到了二十五人，还有三十五个同学没来。"不知何时，我身后已站着一大群孩子。"那好，我们一起来等！"幽深的小土坡下疾跑来一个黑影，跳跃的两条麻花辫在夜里格外醒目。"是侯婕！"几乎是不约而同的欢呼。侯捷飞奔着扑进我怀里。我不知道在黑暗中，她是如何辨认出我的。"老师，我妈妈病了，我必须回老家读书。刚才，我老远就看见教室里的灯，我知道您来了。"我紧紧地抱着她。什么也说不出。虽然，我看不清天使的模样，却听到了天使的声音。

天空吞没了最后一颗星星。晨曦里，校门口站齐了我的六十个孩子。我们注视着彼此冻红的鼻尖和脸蛋儿，在喷吐出的每一口雾气中会意地笑了。那笑容比初升的太阳还要美丽。

这次漫长的等待中,我想起泰戈尔的一句名言:"不是锤的打击,而是水的载歌载舞才形成了美丽的鹅卵石。"

是的。虽然在冬季,我却收获了。

收获在冬季

◇赏析/卢丽丽

《捻亮了灯等你》没有从正面描写田老师将一个纪律涣散、习惯恶劣、成绩落后、无人愿接的班级转变成一个团结的班级所做的努力,而是通过全体师生早晨六点在学校为侯婕送行所表现出来的。冰冷的黑土,呼啸的寒风,深沉的夜色,不仅没有吓倒孩子们,反而让我们看到了他们的天真善良、友好团结的一面。而"焦急、企盼、忧虑交织在一起,眼泪冻结在我的眼里"则让我们看到了田老师那一颗火热、真诚的心。老师火热、真诚的心不仅照亮了孩子们归校的山路,更照亮了孩子们团结友好,向往明天的心。

对于花匠来说,应该珍视入眼的每一朵花。在花枝下自觉地低头,不要莽撞地碰落了她。给她浇水,对她微笑,鼓励她,就能延续美丽的花期。而对于老师来说,孩子们也如同一朵朵花,只要用真心对待她们,即使在寒冷的冬天,也能听到她们如天使般的声音,也能看到她们如初升的太阳般美丽的笑脸。

> 贫困是尴尬的，可变换一个角度考察它，它就成了一笔财富，它培育人的同情之心、忍耐之心，而且它锻炼人的意志。

善点燃了善

◆文/朱 鸿

陕西师范大学中文系老师刘路，年近半百，教授写作。刘路很想对贫困的学生有一点资助，可老师是清寒的，他的月薪仅仅数百元，而且上有老母，下有学子，算计着月薪而持家，对学生的资助，一直是心有余而力不足。当学校一次发给他三千元奖金之后，他才有了实现愿望的机会。发给他奖金，是由于他的搭桥作用，学校获得了一笔奖励基金。刘路把这笔钱交给中文系，他提出，要全部资助给那些特别贫困的学生。

于是一天下午，中文系为刘路的赞助，举行了一个小小的仪式。二十名特别贫困的学生都来了，他们是由班级认真挑选的。其中一个男生是靠母亲销售面条的钱做学费的，另一个女生的情况是，她仅有一张从铁岭市到西安市的车票钱，走进校园手就空了，是她宿舍的同学，为她凑够了报名的费用。这些学生低着头，静静地坐在教室里，心情是复杂的。一道从窗口探入教室的夕阳，想以它金黄的光辉照亮他们的眼睛，但是很难，秋天的夕阳让他们伤感。刘路戴着眼镜，身穿普通的猩红夹克，亲切而自然地看着他们，轻轻地说：

"同学们，我赞助的钱，只能平均每人一百五十元，这对你们的生活实在是杯水车薪，我很内疚。然而，它带来的信息是，老师牵挂着你们，对于贫困，你们不是孤军作战，你们的后方除了有家长，还有社会！希望你们一定要自强自立，完成学业，万万不能半途而废。在这里，我要提醒你们：贫困是尴尬的，可变换一个角度考察它，它就成了一笔财富，它培育人的同情之心、忍耐之心，而且它锻炼人的意志，所谓寒门出奇士，所谓雄才多磨难！贫困是由于缺钱，缺钱必然想钱思钱，对钱作召唤或诅咒，但是无论如何，希望你们保持精神的自由和昂扬，不做钱奴，不为物役。在这里，我要强调的是：不能把贫困归罪于自己的父母，不能怨恨和嫌弃他们，在那样的条件下，他们供养你们，并送你们上大学，已经难能可贵了，而且你们所具有的适应艰苦环境的能力，质朴而坚毅的品性，多半是受他们的影响，他们足以敬重！"

刘路的声音是低沉的，道理并不高深，但是他的话带着穿透人情世故的力，敲击着学生的心，他的话是滚烫的，一下融化了他们梗塞于胸的一些块垒。贫困的学生几乎都哭了，含盐的泪水，像秋天的梧桐叶子一样沙沙地响。最最激动的时刻是：中文系领导把钱交给刘路，刘路把装钱的红包递给学生，学生依次接过，依次深深地鞠躬，毕恭毕敬，腰弯得俨然是在顿悟之后表示一种信念，神情突然成熟得有一点肃穆，泪水滴在地上，致谢的声音挣脱着哽咽而沙哑。他们不是仅仅为一百五十元钱才致谢的。

在资助仪式上，田娟莉同学获悉张慧茹的家境比自己更艰苦更深重之后，拿出一百元钱，晚上去找张慧茹，一定要她收下，但是张慧茹认为自己已经得到了刘路的赞助，她当然不再要。在柳树下，两个女学生悄悄地推让着钱。她们清亮的眼睛，满是月光。王成义把受到资助的事情告诉给自己的母亲，这个信奉佛教的妇女，虔诚地为刘路烧了香，她从遥远的甘肃赤金堡向刘路祝福，祈祷他平安。赫振龙是西安市一家副食公司的经理，他偶然知道了刘路资助贫困学生的消息，感慨系之。他放下工作，立即取出一千元钱，让职员送给刘路以补贴他的生活，并表示对一个陌生老师的敬佩。善就这样产生着新的善。

清贫的富人弱势的强者

◇赏析/王书文

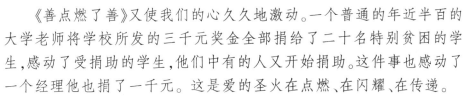

《善点燃了善》又使我们的心久久地激动。一个普通的年近半百的大学老师将学校所发的三千元奖金全部捐给了二十名特别贫困的学生,感动了受捐助的学生,他们中有的人又开始捐助。这件事也感动了一个经理他也捐了一千元。这是爱的圣火在点燃、在闪耀、在传递。

本文采用正面描写与侧面描写相结合的手法来刻画人物的形象。文中正面写刘路老师的外貌神情:"戴着眼镜,身穿普通的猩红夹克,亲切而自然地看着他们,轻轻地说……"那段感人的话,显得简朴而低调,一点作秀之态也没有。他的那段话鼓励贫困生阳光地看待家庭、社会及自己,说贫困是财富,说他们父母"足以敬重",尽消学生心中块垒。他捐了有价的钱,又赠了无价的言。还有侧面烘托,如写刘路老师家庭贫寒,写受捐助的同学的流泪,写受捐助的田娟莉同学从一百五十元里又拿一百元捐给同学,写一个贫困生的母亲在遥远的地方为好心的老师祝福,还写一个经理被感动而捐一千元。特别是那个经理捐款,说明各阶层都有善心,这就足以说明刘老师的善举、人格的强大的魅力,也紧扣了"点燃"二字。

结尾轻轻一句:"善就这样产生着新的善",很自然妥帖。

129

> 每当我有什么肮脏或厌世的念头时,我便会想起这滴泪。它太纯洁了,我不能将它玷污。

像妈妈样的女老师

◆文/齐　玉

初二时,我竟莫名其妙地喜欢上了我的语文老师。

老师姓杨,爱穿白色的衣裙,她在讲台上讲蓝蓝的天,青青的草,像一片白云飘来飘去,轻盈极了。

她有一双大而明亮的眼睛,笑时,便成了甜甜的弯月……

"齐玉。"杨老师叫我。

我发怔。

"为什么走神?"她停止了讲课,走到我的面前。

云飘到了我眼前……可我仍愣愣的。"我,我喜欢看你的眼睛。"我说。

同学们爆发出哄堂大笑。在笑声中,她的脸红红的,美丽的眼中似乎还有泪水——她刚从师范大学毕业呢。

"你——你请出去。"

我乖乖走出了教室。她从没发过火,这一次一定真生气了。

爸爸又不在家,我只能吃开水泡饭。没关系,我已经习惯了。

晚上做完功课,我就翻看相册,天天都看,因为,相册里我可以见

到妈妈。

以前看妈妈的相片,我常常哭;可现在我长大了,是个男子汉,我不哭,把泪水咽在心里。

我只有恨,恨我爸,恨窗外那黑糊糊的世界。

杨老师叫我们写周记。我花了整整一个晚上,把心中的苦水倾倒出来:美丽的妈妈死了,爸爸根本就不管我,整天就知道玩麻将。我冷了,饿了,怕了,病了,也没人知道。

"我真想把这个世界砸烂,然后自杀。"我在最后恶狠狠地写道。

我那时毕竟只是个孩子,需要爱护,需要有人听听心里话。

我选择了我的语文老师。因为,她像妈妈。

不久后的一天,杨老师把我叫到她的宿舍。她的眼睛红红的。

"原谅老师,好吗?"

泪水涌出我的眼睛,尽情流淌。在同学面前,甚至在爸爸面前,我从不流泪。可在她面前,我做不到。我哭了,尽情地哭了。

她等我哭完,便为我擦干泪水,轻轻地讲了一个小姑娘的故事。

"一个小姑娘,当她上中学的时候,父母在一次车祸中双双去世,只剩下她一个人,孤苦伶仃的。当她绝望时,是她的老师收养了她,给了她生活的勇气和无微不至的照顾。

"后来,小姑娘考上了师范大学,可老师不行了。弥留之际,小姑娘跪在老师的床前,哭着说:'妈妈,我还没报答您呀!'老师却含笑地说了一句:'给你未来的学生吧。'……"

杨老师泪水盈盈。

我明白了:"杨老师,你也……"

她擦了擦眼睛,微笑着扶住我的双肩:"你是个男子汉了,对吗?"

我呜咽地点点头。

"你对这个世界很讨厌,这不好。男子汉不这样,男子汉是笑着对待这个世界的,真的。笑一笑,你笑一笑。"

我咧了咧嘴。

"我会帮助你的——像我的老师一样。"她眼中突然滚出了泪水,洒落在我的额头上。

"记住你是个男子汉,做个乐观正直的人!"

我狠狠地点点头。

在以后的日子里,我觉得我额上有着圣洁的印迹——这是一个像妈妈一样的女老师留下的。每当我有什么肮脏或厌世的念头时,我便会想起这滴泪。它太纯洁了,我不能将它玷污。绝对不能。

我长大了。可我忘不了,语文老师的泪。永远也忘不了。

紧扣双眸写母爱

◇赏析/王书文

本文写一个学生对女教师的恋母情结,同时写出了一个女教师的爱生情怀。

文章紧紧扣住对年青女教师的眼睛的描写来推动情节、掀起波澜。

美眼使"我"上课走神。文章写老师"她有一双大而明亮的眼睛,笑时,便成了甜甜的弯月……""我"看走了神,居然说"我,我喜欢看你的眼睛",造成老师的误会,惹得"同学们爆发出哄堂大笑"。

怒眼将"我"请出教室。女教师"真生气了"、"美丽的眼中似乎还有泪水",她又生气,又委屈。

"红眼"叫"我"原谅老师。"她的眼红红的",说明老师知道"我"的身世后,结合自己的身世,产生共鸣,产生同情,她哭过。

"泪眼"为我讲述的故事。"杨老师泪水盈盈"给"我"这个男生讲了她的内心话,并要求"我"笑对这个世界,"记住你是个男子汉,做个乐观正直的人!"并像一个母亲一样,将"圣洁"的泪水洒落在"我"的额头上。一个男学生,对这种泪珠的触觉感知是太刻骨铭心了。所以说,女教师美丽的双眸,会怒、会流泪、会鼓励,更会像春雨一样润物无声。

> 是平平淡淡的生活，是太一般的小事，
> 但于我却是一种心的感动，是一曲纯洁的生
> 命乐章，是一片珍贵的温馨。

理解的幸福

◆ 文/叶广芩

一九五六年，我七岁。

七岁的我感到家里发生了什么大事。

我从外面玩回来，母亲见到我，哭了。母亲说："你父亲死了。"

我一下蒙了。我已记不清当时的自己是什么反应，没有哭是肯定的。从那时我才知道，悲痛至极的人是哭不出来的。

父亲突发心脏病，倒在彭城陶瓷研究所他的工作岗位上。

母亲那年四十七岁。

母亲是个没有主意的家庭妇女，她不识字，她最大的活动范围就是从娘家到婆家，从婆家到娘家。临此大事，她只知道哭。当时母亲身边四个孩子，最大的十五岁，最小的三岁。弱媳孤儿惟指父亲，今生机已绝，待哺何来！

我怕母亲一时想不开，走绝路，就时刻跟着她，为此甚至夜里不敢熟睡，半夜母亲只要稍有动静，我便哗的一下坐起来。这些，我从没对母亲说起过，母亲至死也不知道，她那些无数凄凉的不眠之夜，有多少是她的女儿暗中和她一起度过的。

人的长大是突然间的事。

经此变故，我稚嫩的肩开始分担家庭的忧愁。

就在这一年,我带着一身重孝走进了北京方家胡同小学。

这是一所老学校,在有名的国子监南边,著名文学家老舍先生曾经担任过校长。我进学校时,绝不知道什么老舍,我连当时的校长是谁也不知道,我只知道我的班主任马玉琴,是一个梳着短发的美丽女人。在课堂上,她常常给我们讲她的家,讲她的孩子大光、二光,这使她和我们一下拉得很近。

在学校,我整天也不讲一句话,也不跟同学们玩,课间休息的时候就一个人或在教室里默默地坐着,或站在操场旁边望着天边发呆。同学们也不理我,开学两个月了,大家还叫不上我的名字。我最怕同学们谈论有关父亲的话题,只要谁一提到他爸爸如何如何,我的眼圈马上就会红。我的忧郁、孤独、敏感很快引起了马老师的注意。有一天课间操以后,她向我走来,我的不合群在这个班里可能是太明显了。

马老师靠在我的旁边低声问我:"你在给谁戴孝?"

我说:"父亲。"

马老师什么也没说,她把我搂进她的怀里。

我的脸紧紧贴着我的老师,我感觉到了由她身上散发出来的温热和那好闻的气息。我想掉眼泪,但是我不想让别人看见我的泪,我就强忍着,喉咙像堵了一大块棉花,只是抽搐,发硬。

老师什么也没问,老师很体谅我。

一年级期末,我被评上了三好学生。

为了生活,母亲不得不进了家街道小厂糊纸盒,每月可以挣十八块钱,这就为我增添了一个任务,即每天下午放学后将三岁的妹妹从幼儿园接回家。有一天临到我做值日,扫完教室天已经很晚了,我匆匆赶到幼儿园,小班教室里已经没人了,我以为是母亲将她接走了,就心安理得地回家了。到家一看,门锁着,母亲加班,我才感觉到了不妙,赶紧转身朝幼儿园跑。从我们家到幼儿园足有公共汽车四站的路程,直跑得我两眼发黑进了幼儿园差点没一头栽倒在地上。进了小班的门,我才看见坐在门背后的妹妹,她一个人一声不吭地坐在那儿等我,阿姨把她交给了看门的老头,自己下班了,那个老头又把这事忘

了.看到孤单的小妹一个人害怕地缩在墙角,我为自己的粗心感到内疚,我说:"你为什么不使劲哭哇?"妹妹噙着眼泪说:"你会来接我的。"

那天我蹲下来,让妹妹趴到我的背上,我要背着她回家,我发誓不让她走一步路,以补偿我的过失。我背着她走过一条又一条胡同,妹妹几次要下来我都不允,这使她感到了较我更甚的不安,她开始讨好我,在我的背上为我唱她那天新学的儿歌,我还记得那儿歌:

洋娃娃和小熊跳舞,
跳呀跳呀一二一。
小熊小熊点点头呀,
小洋娃娃笑嘻嘻。

路灯亮了,天上有寒星在闪烁,胡同里没有一个人,有葱花炝锅的香味飘出。我背着妹妹一步一步地走,我们的影子映在路上,一会儿变长,一会儿变短。两行清冷的泪顺着我的脸颊流下,淌进嘴里,那味道又苦又涩。

妹妹还在奶声奶气地唱:

洋娃娃和小熊跳舞,
跳呀跳呀一二一……

是第几遍的重复了,不知道。

那是为我而唱的,送给我的歌。

这首歌或许现在还在为孩子们所传唱,但我已听不得它,那欢快的旋律让我有种强装欢笑的误解,一听见它,我的心就会缩紧,就会发颤。

以后,到我值日的日子,我都感到紧张和恐惧,生怕把妹妹一个人又留在那空旷的教室。每每还没到下午下课,我就把笤帚抢在手里,拢在脚底下,以便一下课就能及时进入清理工作。有好几次,老师刚说完"下课",班长的"起立"还没有出口,我的笤帚就已经挥动起来。

这天,做完值日马老师留下了我,问我为什么要这么匆忙。当时我急得直发抖,要哭了只会说:"晚了,晚了!"老师问什么晚了,我说:"接我妹妹晚了。"马老师说:"是这么回事呀,别着急,我用自行车把你带过去。"

那天,我是坐在马老师的车后座上去幼儿园的。

马老师免去了我放学后的值日,改为负责课间教室的地面清洁。

恩若救急,一芥千金。

我真想对老师从心底说一声谢谢!

是平平淡淡的生活,是太一般的小事,但于我却是一种心的感动,是一曲纯洁的生命乐章,是一片珍贵的温馨。忘不了,怎么能忘呢?

如今,我也到了老师当年的年龄,多少童年的往事都已淡化得如烟如缕,惟有零星碎片在记忆中闪光……

因理解而感动

◇赏析/卢丽丽

本文以第一人称的手法记叙了作者童年的往事,这种手法使读者更容易把自己的思想和感觉融入文章之中,更容易引起读者用心去感受作者对老师所要表达的情感。

《理解的幸福》为一篇记叙抒情性的散文。七岁那年,父亲去世了。留下的弱媳孤儿,今生机已绝。经此变故,"我"变得沉默寡言,并开始用稚嫩的肩分担起家庭的忧愁。而老师对"我"的理解就是发生在此变故之后的两件小事。

其一，父亲去世，给"我"沉重的打击。经此变故，"我"变得忧郁、孤独、敏感，同时，在学校明显的不合群引起了班主任马老师的注意。当马老师得知"我"在给父亲戴孝之后，她什么也没说，什么也没问，只是把"我"搂进她的怀里。从这里，读者可以感受到老师的细心、关爱与善解人意，并给予了作者一种心灵的安慰。年少、敏感的"我"感谢老师的无语，感谢老师那温馨的拥抱。

其二，父亲去世后，母亲忙于全家的生计，于是每天下午放学后将三岁的妹妹从幼儿园接回家的任务就落在了"我"身上。一天临到"我"做完值日之后，天色已晚，再加上由于"我"的疏忽、粗心大意，而将小妹遗忘在幼儿园一个人面临着孤单、害怕。"我"为自己的粗心感到内疚，为妹妹的谅解感到不安，更为妹妹讨好"我"而感到心的缩紧和发颤。因此，以后到值日的日子，"我"就变得匆匆忙忙。"我"的举动引起了马老师的注意。当她了解情况之后，免去了"我"放学后的值日，改为负责课间教室的地面清洁。"恩若救急，一芥千金。"从这里，读者可以感受到老师对"我"的体谅与照顾。

本文为了刻画老师这个人物形象，花了大量的篇幅介绍了作者当时的家庭背景以及作者和小妹之间的一件小事，从侧面烘托出了老师的善解人意。这样也就更能体现作者对老师的感激之心。

文章没有华丽的词藻，也没有精巧别致的句子，只有平凡的词句，但正是这平凡、朴素的词句，让读者更能感受到作者所要表达的情感。文章的结尾："是平平淡淡的生活，是太一般的小事，但于我却是一种心的感动，是一曲纯洁的生命乐章，是一片珍贵的温馨。忘不了，怎么能忘呢？""如今，我也到了老师当年的年龄，多少童年的往事都已淡化得如烟如缕，惟有零星碎片在记忆中闪光……"在这里，作者明确地表达出了她对老师的感激之心，因老师的理解而抒发的感激之心。

> 地震给学生上了一课,让他们学到了大学四年乃至一生都不易学到的东西:危难彰显人格。

地震给学生上的课

◆ 文/霍忠义

　　一九九七年十二月五日九时四十五分,陕西泾阳发生四点八级有感地震,西安市在同一瞬间震颤。

　　某大学校园四楼的两个教室。

　　教室一。一位白发的老教授正在给学生讲课。大楼摇了一下,所有的学生连同教授的身体摇了一下。这些生于二十世纪七十年代末八十年代初的学生对地震没有一点点感性认识,他们都以为那是爆破引发的颤动。

　　教授的心一惊:"可能是地震。"他张口时却说:"请同学们有序离开教室,到教学楼前的空地集合。"

　　学生似乎明白了一点什么,鱼贯而出。

　　教室二。一位打扮入时的女教师正在给学生讲《人生哲理》。大楼摇了一下,所有的学生连同老师的身体摇了一下。女老师大惊,喊了一声:"地震啦!"率先冲向门口。至于她身后的学生如何乱作一团,她不得而知,只感到一股强大的人力推挤着她向下奔……

　　所有的人都集中到楼前的空地上,学校领导清点人数:只有老教

授未下来。领导大惊,赶忙派人回楼上去找。正在这时,老教授出现在楼口,镇静得好像什么也没发生过,同学们一齐欢呼冲上来围住了他。细心的人发现:他手里还提着一双高跟鞋——那是女教师为便于逃跑踢脱在楼道的。

事后清查得知:老教授和他的学生全部安然无事,而女教师的那个班:有三名女生崴了脚,一名女生跑掉了鞋跟——当然,这里面还没有包括那双跑丢的鞋子。

地震给学生上了一课,让他们学到了大学四年乃至一生都不易学到的东西:危难彰显人格。

后来据地震局的同志讲:这种小地震根本不会造成财产损失及人员伤亡,但它却在许多人的心中掀起波澜——或惊恐,或感叹,只是至今人们都不知道老教授当时想了些什么。

我想,和平岁月有时还需要有点小地震。

巧用对比显人格

◇赏析/王书文

　　本文作者除善于把人物放在特定的环境中来刻画外，最主要的还是运用对比来表现人物，即将"白发苍苍的老教授"与"打扮入时的女教师"在地震到来时的言行举止进行对比。

　　这种对比很有镜头感，即借用电影蒙太奇手法，将教室一和教室二两个画面平行摇移，进行对比。白发的老教授有"泰山崩于前而色不变"的大将风度和临危不乱、机智指挥的能力。只说"请同学们有序离开教室，到教学楼前的空地集合"，而女教师则大惊大喊"地震啦！"率先冲向门口，造成推挤等混乱情况，幸喜是小地震，如真是大地震，女教师这种行为对学生造成的后果不堪设想。文章不无讽刺地写她当时在给学生上《人生哲理》课，当然求生是其本能，但她在师德素养上还有欠缺。

　　另外小地震与假如出现的大地震暗暗地形成对比：老教授最后撤出，假如是大地震，他有可能非死即伤，那么，他除了爱生如子，沉着冷静，机智勇敢外，还有舍己为人，把生的通道留给学生。这大概就是第九段中说的学生们学到了"一生都不易学到的东西：危难彰显人格"。

> 我从一个无知的孩子,成为今天一个懂事的少年,这里面蕴含着您多少心血啊! 老师,我真想叫您一声"妈妈!"

我真想叫老师一声"妈妈"

◆ 文/胥 菡

我是一个幸福的人,因为我有一位可敬可爱的好老师。

这位好老师是我的班主任韦老师。她长得貌不惊人,但在一张时常流露出笑容的脸上嵌着一双慈祥的眼睛, 一张红润的嘴时常带来一句句关心人的话语。她不爱打扮,总穿着一件墨绿色的大衣和一条浅咖啡色的裤子,给人一种朴实、大方的感觉。

韦老师在上课时,脸上时而呈现出笑容,时而呈现出悲伤,讲得有声有色。大家都十分专心,认真地听着。仿佛韦老师正把我们带向一个充满知识、欢乐的天地。

有一天,韦老师正在生动地讲课,我也正在津津有味地听着。忽然,我只觉得鼻子里怪痒痒的,不一会儿,鼻子里好像有一条"毛毛虫""哧、哧"地淌了下来。"啪"一滴鲜血便随着落了下来。我吓得无心再听下去,急得头上都冒汗了。这时,韦老师看到我满面愁容的样子,停止了讲课,来到我身旁。她心疼地问:"你怎么了? 鼻子流血了? 是不是很难过呀?"我凝视着老师那一双慈母般的眼睛,感动极了,但又无话可说,只好轻轻地"嗯"了一声,顿时,泪水夺眶而出。老师先拿来一团棉花塞在我鼻孔里，又拿来一块凉毛巾，搭在我额上，还让我仰起头，靠在后面的桌子上。当时，我真想说：亲爱的老师，在您的关心教育下，我从一个无知的孩子，成为今天一个懂事的少年，这里面蕴含着您多少心血啊！老师，我真想叫您一声"妈妈！"

奏响颂师的旋律

◇赏析/邹成平

人的一生中，总会有许多难忘的人，许多难忘的事，而老师往往会是我们印象最深刻的人。是老师，给我们传道解惑，走向成熟；也是老师，用自己的言行举止潜移默化地影响着我们，教我们做人，让我们茁壮成长……于是，感谢老师，师恩难忘，便成了我们永恒的话题。本文独辟蹊径，把老师比作妈妈，直抒胸臆感激恩师，让人叫好。

文章好就好在富有特征的外貌描写。"一张时常流露出笑容的脸上嵌着一双慈祥的眼睛，一张红润的嘴时常带来一句句关心人的话语"，"总穿着一件墨绿色的大衣和一条浅咖啡色的裤子……"福楼拜曾说过："写人，要让人物在人群之中一眼能辨认出来。"作者写韦老师，抓住她和蔼可亲，朴实大方的特征，让人读后如见其人，个性外貌描写，能让你一眼识之，永生难忘。

本文好就好在富有感情的语言描写。当"我"在上课时鼻子流血，韦老师停止讲课，来到我跟前心疼地问我："你怎么了？鼻子流血了？是不是很难过呀？"全文对韦老师的语言描写并不多，却精练传情，一连串的问句，写满了一个老师心疼、关爱、焦急的复杂感情，事情不大，语言不多，但人物形象却栩栩如生，深入人心。

精妙的开头结尾也是我们为它叫好的原因之一。开头简洁的一句话，却点明了这位老师在"我"心中的重要地位，是让"我"幸福的源泉，结尾直抒胸臆，揭示主题，一环一扣，结构紧密，浑然一体。

让我们和作者一道，说一句：老师，您辛苦了！

风雪夜中亮着一盏灯

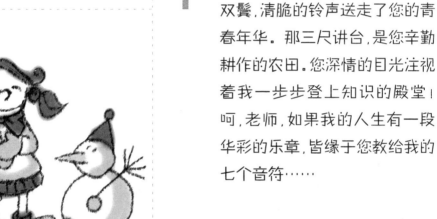

　　纷飞的粉笔末染白了您的双鬓,清脆的铃声送走了您的青春年华。那三尺讲台,是您辛勤耕作的农田。您深情的目光注视着我一步步登上知识的殿堂!呵,老师,如果我的人生有一段华彩的乐章,皆缘于您教给我的七个音符……

> 她们没有遭遇那次洪水,但她们知道,狼窝沟小学的第一位正式教师在洪水中因救学生而永远留在了这里,死前依然孤身一人。

以最美的山花报答你

◆ 文/徐喜林

　　从坝头沿着盘山路到沟底,海拔落差约八百米。沟底树叶发绿、草色泛青的时候,坝头的风依然硬僵僵的。花开花落相差近一个月的气候。沟底的羊肠小路曲曲折折,其中一条如二八姑娘的红腰带被远远地甩到一个岔开的沟沟里。

　　沟里住着几十户人家,村子的名字很骇人,叫狼窝沟。据说沟里的先人是掏了狼窝才争得这一席之地的。村子的形状很特别,近看像牛角,远看却如一只螃蟹。高坡上立着孤零零三间房子,这是狼窝沟的最高学府——狼窝沟小学。三十几名学生娃稚嫩的声音,一直搅着沟沟里的生气。学校没有正式老师,多是张家二姐,或是李家三妹,初中毕业暂时没营生,去学校哄几天娃。到了嫁人的年龄,和村长郝六叔招呼一声,便骑着驴出了山。教师空缺的时候,郝六叔便硬着头皮抵挡一阵。学校的事让郝六头疼,更让郝六心焦。那一年,郝六打了两只狍子给乡文教助理,才驮回一个刚从学校毕业的后生,但是那后生只呆了一夜便偷偷地走了。

　　这一次,郝六又送了两只狍子,又驮回一个刚从学校毕业的后生。后生叫石玉山。

驴停在学校前,郝六长出了一口气。

石玉山滑下驴背,半倚在驴身上,打量这三间土房和土房前脏兮兮的学生娃,只觉得一支冰冷的箭头扎进了心窝,半天说不出一句话。

郝六冲那群学生娃吼:傻看什么?这是你们新来的石老师,叫啊!

学生娃便高低不齐地喊:石老师!

郝六歉意地冲石玉山笑笑:山里娃,没见过世面。说罢,便将石玉山的行李搬进去。

夜深人静,人走屋空,石玉山才觉出鼻子酸酸的,他咬了一下嘴唇,没忍住,泪水哗地出来了。石玉山知道受了文教助理和郝六的骗,是他俩把狼窝沟说得天花乱坠。石玉山抹了一会儿泪,便开始收拾东西。石玉山是平原人,一进沟便憋闷得透不过气来。一直待下去,他怕自己会发疯。后半夜,石玉山掩了门,悄悄溜出村子。沟里黑咕隆咚,石玉山看不清路,几次险些栽倒。秋风陡起,夹着些怪叫。石玉山想到狼窝沟这个名字,不禁有些毛骨悚然。就在此时,前方突然亮起了盏盏火把。火把曲曲折折地延伸到远方,将整条沟映得一片灿红。那气势那情景,使石玉山怀疑自己走进了远古的部落。

石玉山惊呆了。

举着火把的郝六走到石玉山跟前,喊声石老师。

石玉山问:你……你们这是干什么?

郝六说:狼窝沟留不住人,但沟沟里人心眼儿善,他们怕你走夜路分不清方向,便持了火把等你。

石玉山的嘴张得大大的。

石玉山留了下来,学校再也没有断过课。

每个星期,郝六都派人上一次坝。每次上坝,总带回一封信。这是石玉山与外界的惟一联系。

第二年,石玉山的信少了,两三星期才一封。

第三年,郝六每次派去的人都空手而归,但郝六依然派人替石玉

145

山取信。

秋天,派去的汉子没取回信,却驮回一位美丽的姑娘。

正在上课的石玉山看见姑娘的一刹那,眼睛闪电般地亮了一下,但随之脸色就惨白了。他明白她的到来意味着什么。

石玉山想笑,没笑出,声调异常地问了句:你来啦?

姑娘望着瘦削的石玉山,眼圈红了,她说:我早该来看你了。

石玉山说:这也不晚,我在这儿……挺不错。

闻讯赶来的郝六又是派人杀鸡,又是派人猎兔。狼窝沟人将姑娘视为最尊贵的客人,拿出最好的东西招待她。表面的喧闹暂时消除了石玉山心中的酸楚,等只剩下两个人时,石玉山的心又剧烈地疼起来。

姑娘抓住石玉山的手说:我很感动。

石玉山说:沟里人淳朴善良。

姑娘说:但我不会冲动,人的价值不是靠冲动来实现的。

石玉山说:你不理解他们。

姑娘说:也许吧,各人有各人的世界。

石玉山觉得她的手有些凉了,便轻轻地抽了出来。

片刻,姑娘问:你愿意一直待下去吗?

石玉山的目光有些灰暗:总得有人来顶替我。

姑娘追问:那要没人来呢?

石玉山没有回答。他又想起了那些火把。

姑娘说:我可以把你调出去。

石玉山勾了勾头说:总得有人替啊。

姑娘的胸脯便有些起伏。

石玉山瞅了她一眼,立刻又将目光逃开,仿佛被烫了一般。

姑娘说:我以后不来了。

石玉山说:我知道……他还好吗?

姑娘点点头。

天蒙蒙亮时,石玉山便牵了驴,将姑娘送出山沟。

石玉山折回来,却见办公室门上贴了个大大的"喜"字。郝六和几个人忙得一头大汗。石玉山的鼻子一酸,说:郝村长,你们这是干啥?她……早走了。

郝六说:不是给她准备的,她算什么哟!狼窝沟要把最漂亮的姑娘嫁给你。

石玉山呆了一下,摇摇头说:不可,不可,这万万不可。

郝六说:狼窝沟不能亏了你。

石玉山说:婚姻不是儿戏——

郝六打断他:你难道要大伙跪下来求你吗?

石玉山颤声道:我不能啊!他感到一阵眩晕,随后,被一种梦幻般的感觉缠住,无论怎么挣脱都扯不掉。直到晚上,掀开新娘的红盖头,那梦幻的感觉方渐渐落下去。

石玉山面前果然是全村最美的姑娘。石玉山还记得她的名字叫二梅。二梅冲石玉山凄然一笑,叫了声石老师。带着些许醉意的石玉山不敢相信自己的眼睛,他晃了晃头,二梅依然对他笑。他轻轻托起二梅的脸。他感到一种厚实的、难以言说的激动。石玉山被二梅的浅笑迷住了。那一刻,他听到心底有个声音说:有了二梅,我还图什么?

147

石老师,你怎么啦?二梅轻声问。

石玉山醒过神来,忙说没什么,没什么。

二梅又说:石老师。

石玉山问:你真愿意?

二梅略略含了些羞涩:全村的姑娘都愿意。说着,二梅站起来,轻轻脱掉大红袍子,解开粉色小袄的扣子,坐在床沿上。

二梅轻轻一笑:石老师,早些休息吧。

就在此时,伴着秋风传来一个青年后生的歌声。歌声忽起忽落,忽高忽低,歌声里含着凄凉和悲哀。

二梅的笑立刻消失了,沉下去的凄凉又浮上来。她慢慢走到窗前,望着黑漆漆的夜,肩膀微微耸动着。

歌声不断。

石玉山的心突然被锥子扎了一般,浑身上下全是尖锐的痛感。他明白二梅付出了什么,唱歌的小伙子付出了什么。

　　二梅转过身,歉意地冲石玉山笑笑。

　　石玉山将那件红袍子披在她身上,又将门打开。

　　二梅愕然。

　　石玉山惨然一笑:他在外面等你,你走吧。

　　二梅说:不,你别见怪——

　　石玉山说:我没有怪你,我不能拆散一对有情人。

　　二梅说:我不能,我不能让全村人骂我。

　　石玉山说:趁黑夜,你俩赶快离开。

　　二梅哭叫:石老师!

　　石玉山背转过身,说:快走吧。

　　二梅哭道:石老师,你太好了,我……

　　石玉山的声音猛地提高了:你要让我反悔吗?

　　二梅叫了声石老师,给石玉山跪下了。她哭着问:我走了,你会离开狼窝沟吗?

　　石玉山全身一震,继而惨然一笑:我不会。你放心地走吧,你不会背骂名的。

　　二梅磕了个头,哭着消逝在夜幕中。

　　石玉山慢慢闭上眼睛,生怕有东西流出来。

　　多年后的一个春天,两个女人不约而同地来到狼窝沟。按照县里的部署,狼窝沟村已全部搬迁,此时已是一片废墟。小学校的房坍塌了,到处是杂草。院内竖着一个坟包,坟包上的杏花开得正浓。她们没有遭遇那次洪水,但她们知道,狼窝沟小学的第一位正式教师在洪水中因救学生而永远留在了这里,死前依然孤身一人。

　　两个女人相对无言,只有北风轻轻诉说着什么。

出人意料的情节令人着迷

◇赏析/王书文

《以最美的山花报答你》一文以近乎苦涩悲壮的笔调，写出了地老天荒般偏僻的狼窝沟小学艰难开展教学的生存状态，赞美了城里来的正式老师石玉山为穷困山区的教育献出一切包括生命的故事。

出人意料的情节是文章的主要特征。

第一、二段写狼窝沟小学难留正式教师的苦衷。第三至八段写石玉山被郝六村长"骗"到狼窝沟。第四至八段写石玉山难受煎熬，决定调走。九至十三段写他被持火把为他送行的山里人感动，又决定留下来，这是出人意料的一笔。第十四至四十段写玉山用信和外面联系，信越来越少时，却驮回一个美丽的姑娘，而美丽的姑娘不是被他感动来这里的，而是劝他调动的，这又是出人意料。第四十一段至第六十六段写郝六村长为他布置新房，献出村里最美的二梅时，情节又是一个波澜，但远没有就此打住。新婚夜，石玉山发现二梅有心上人时，竟要她和男朋友远走，成全他们，这又是反常的一笔，照说，至此，文章也就再难写什么了，但六十七、六十八段又写石玉山在一次洪水中为救学生而牺牲，他的"坟包上的杏花开得正浓"，"两个女人相对无言"，高潮和结局在出人意料中出现，让人惊诧构思之巧妙，情节之跌宕起伏。

149

> 他站在不远处,一捧火红的玫瑰在他胸前,灿烂如同春天温暖的脸。

不是为了一束玫瑰

◆ 文/赵　茵

　　我从师范学校毕业后在一所小学任教,和男朋友同在一个城市。天蓝蓝,水清清,在尘世的繁荣与喧嚣之中,我像一只快乐的小鸟。

　　我教语文,当班主任,管着一群调皮的二年级小学生。课间休息的时候,他们如同一群散了窝的马蜂,奔来蹿去,闹成一锅粥。我也夹在他们中间,像一个快乐的大孩子。一天,我和一群女生跳皮筋,突然发现一个黑黑瘦瘦、长着一双黑葡萄样大眼睛的小姑娘,总是远远地站在一角,样子怯怯的,很落寞。一个女生告诉我,她是刚从外地转学来的,叫毛小丫。

　　星期三上午,上完前两节课,做完课间操之后,同学们欢叫着散开了,只有毛小丫仍然孤零零地站在板报栏的下边,一声不吭。我走过去,蹲下来,抚着她的头发,轻声问:

　　"小丫,心里有什么事说给老师听,老师一定会帮你的。"小丫哽咽着说:"我,我是孤儿。"

　　我很吃惊。当班主任一个多月了,竟然一点儿也不知道她是孤儿。我感到了一丝失职的内疚。

小丫的父亲去世了,母亲不喜欢她,带着妹妹改嫁了,小丫跟着奶奶一起生活。她觉得被母亲抛弃了。这是一个可怜的、心灵受到伤害的孩子。

　　再次见到男朋友,他约我去看一场电影。银幕上的一对情侣风花雪月,情意缠绵。可我总是心不在焉,我在想小丫。他侧过头不高兴地问:"怎么了,你?"

　　"我在想小丫。"

　　"小丫是谁?"

　　"一个学生。"

　　男朋友轻轻握住我的手说:"咱们走吧!"

　　走出影院,坐在街心公园的长椅上,男朋友问:"小丫是不是很调皮,惹你生气了?"

　　我望着天边闪烁不定的星星,说:"她很乖,她很可怜。"于是,我把小丫的事情详细地讲给他听。

　　男朋友安慰我说:"会好的,会有办法解决的。"

　　从此以后,在学校,我尽可能带着小丫和别的小姑娘一起玩,放学了,我陪着小丫写作业,给她梳头发,扎漂亮的蝴蝶结,和她一起跳舞、唱歌……

　　慢慢地,她脸上有了笑容,眼睛里有了孩子的快乐。看到小丫快乐了,我也很快乐。一次,男朋友对我说:"你都快成一个妈妈了。"他贴近我耳朵,"咱们结婚吧。"

　　这是冬天里一个没有多少寒意的傍晚,晚霞辉映着美丽的校园。放学了,校园里逐渐安静下来。男朋友来接我。我们走出校门,突然一眼看见了毛小丫。她气喘吁吁、失魂落魄地跑过来。"老师,老师,我奶奶不行了……我知道,你在学校等叔叔……"

　　我一惊,脚绊了一下。我对男朋友说:"我要去小丫家。"拉起小丫的手,拐进一条小巷。

　　小丫的奶奶已在弥留之际。

　　她艰难地睁开眼睛,两滴浑浊的泪流了下来,我把耳朵凑到她嘴边，听见老人说："老师……我知道你对……这丫头好……我……去了，我只求你，能经常……看看她……她没有亲人……"

小丫成了一个真正的孤儿。她经不起这么严酷的打击，她眼睛里曾经回归的快乐又消失了。一夜之间，她又成了一个小可怜。

这天晚上，我没有去见男朋友，我给他写了一封信。我把我久存于心的关于小丫的想法通过文字告诉了他。我要领养这个孩子。我在信里说，如果他提出分手，我不会怪他。

两天后，他约我在老地方见。冬天满地的落叶在晚风里飘荡，这条我走过无数次的街道突然纷乱而萧瑟，就像我的心情。

我曾经对男友说过，希望他正式求婚的时候，能送我一束玫瑰花——此刻，我多想看到玫瑰花啊！我走着，感到街道很漫长，似乎永远走不到我们见面的地方。

"赵老师！"

我忽然听见一个极其熟悉的声音。是小丫，我的小丫。我扑向她，问她："小丫，你怎么在这儿？"

小丫手一指说："叔叔带我来的。"

我看见了他。他站在不远处，一捧火红的玫瑰在他胸前，灿烂如同春天温暖的脸。

带笑的红玫瑰

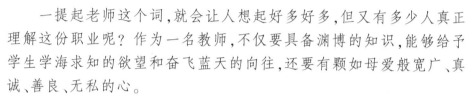

◇赏析/卢丽丽

一提起老师这个词,就会让人想起好多好多,但又有多少人真正理解这份职业呢?作为一名教师,不仅要具备渊博的知识,能够给予学生学海求知的欲望和奋飞蓝天的向往,还要有颗如母爱般宽广、真诚、善良、无私的心。

作为一个班主任,语文老师为未发现小丫是个孤儿而感到失职的内疚;为了孤儿小丫,老师即使在和男朋友看电影的时候也会对她牵肠挂肚;对于孤儿小丫,老师像母亲一样陪着她写作业,给她梳头发,扎漂亮的蝴蝶结,和她一起跳舞、唱歌……为了领养孤儿小丫,老师不惜牺牲自己的爱情,向男朋友讲明情况。这样,我们看到了一个有如母爱般善良、无私的老师形象。

一捧火红的玫瑰,不仅表示了男友对老师的正式求婚,而且暗示了男友对于老师领养孤儿小丫的理解。感谢这捧火红的玫瑰,使老师的爱情有了完美的结局。同时,也感谢老师的男友,使孤儿小丫有个真正温暖的家。

"大学四年，你们应该带着'句号'进来，带着'问号'出去；不应带着'问号'进来，带着'句号'出去，那样你的大学生活是失败的！"

师 者 老 马

◆文/王 涛

154

毕业一年多了，也许马老师已认不出我这个学生，但我却总不能忘记马老师。马老师，学生好称其老马。年近五十，副教授。不拘形迹，打扮常像看门人，头发茂盛且无序。他个性鲜明，有点侠客味儿，有时甚至像堂吉诃德。在学校诸多温文尔雅的教授之中，他显得很有特点。

第一堂课，马老师为我们讲的是有关"锅炉燃烧与烟气净化"的内容，他语出惊人："你们热能专业的学生都是小败家子。人类的文明发展史可归结为两把火。第一把火烧熟食物，给人类带来了光明和温暖；第二把火在锅炉膛里燃烧，给人类带来了工业文明，但污染也大量出现，生态遭严重破坏。如此下去，子孙后代要骂我们的！"

台下寂静无声。这是大学四年间，我们第一次真正意识到对社会环境应负有的一种责任。先前我从未想到它离我们如此之近。

教材是马老师自编的，收录了他多年整治污染的研究成果，很多属于他自己的技术秘密也照登不误。他有时似乎也有"知识产权"的概念，对我们说："我的课只讲给我的学生听。"只要有外人来听课，他就喜欢"讲些重点的东西"。而在我们的课堂上，他总是恨不得把脑子都掏给我们。

一日，马老师饭后散步到一型煤厂，见到厂里生产的是普通型煤，他便找到头儿，非要告诉人家几项能降低硫氧化物的排放、减少污染的技术不可。那"头儿"也许以衣貌取人，也许对污染压根儿就不关心，也许不相信天下还有这等好事，反正把老马轰走了。偶说起此事时，老马一副耿耿于怀的样子。

毕业前，老马竭力煽动我们跟他去一单位搞毕业设计。他的广告语竟然是："跟我搞毕业设计，有酒喝，有肉吃，有车坐。"结果去了后，"酒肉车"不幸都打了折扣。

其实，这不足为怪。老马给人家搞设计，完成之后，有的单位(特别是那些经济不景气的单位)的"头儿"，只要称兄道弟跟老马喝几杯，最好再拉扯上些什么校友之类的关系，多哭哭穷，老马就会义无反顾地"扶贫"，而忘了为何自己总属教授中的"第三世界"。

毕业时，老马送的"马语"是："大学四年，你们应该带着'句号'进来，带着'问号'出去；不应带着'问号'进来，带着'句号'出去，那样你的大学生活是失败的！"

马老师啊，您好像什么都明白，又好像什么都不明白。

人之楷模, 师之典范

◇赏析/石 流

　　本文热情讴歌了一位致力于科学研究，对社会极端负责的知识分子——教授老马。作者对主人公的外貌、语言进行了生动的刻画和描写，寥寥数语，马老师的形象便跃然纸上，十分感人。

　　文章开篇写马老师"很有特点"。不拘形迹，头发茂盛无序，个性鲜明，学生亲切地称他为老马。这些特点从一个侧面就能反映出这个马老师平易近人，为人豪侠仗义，全身心扑在学术事业上的性格特点和工作作风。

　　接着通过具体的事例来展现马老师高贵的品德。马老师第一堂课上就给自己的学生提了个醒，表现出一个教授高度的社会责任感。他把属于他自己的技术秘密毫无保留地传授给自己的学生，反映出马老师宽广的胸襟。马老师为别人搞设计，不计报酬，更体现出一个知识分子不计得失的崇高的精神境界。

　　这就是作者笔下的师者，一个只明白知识的作用却不谙世俗，只知奉献不懂索取的典型知识分子。

　　文章最后一句用对比的手法高度赞扬了马老师尊重知识，尊重科学，关心社会进步，不计个人得失的优秀品质，点明了文章的中心，是点睛之笔。

> 哭声是如此具有感染力,一时间全校学生都哭了,面对如此感伤的场面,一些老师和村民也不知不觉地流下泪来。

女教师的四十七个吻

◆ 文/高 兴

　　查文红,这个上海女人,自愿来到安徽省砀山县曹庄镇魏庙小学,当一名不拿一分钱工资的"编外教师"。一九九八年九月初,当她兴致勃勃地拿着教材和精心准备的讲稿走进教室时,家长和孩子一看教师是个上海人,都用一种不信任的眼光看着她。有的家长竟带着孩子离去,转到另外的班,教室里一下子就空出了好多个位子。这当头一棒把查文红打得摸不着头脑。她找到校长,问是怎么回事。校长道:"我们这里上课都是用土话,家长和孩子担心听不懂你的普通话,所以跑了。"

　　查文红感到委屈,但她还是硬撑着上完了第一节课。下课时,一名学生用土话问她:"老师,狠狠还来吗?"查文红没听懂,便问道:"'狠狠'是什么意思?"学生们哄笑了,一个小男孩不客气地说:"'狠狠'就是'狠狠',你连'狠狠'都不知道,还来教我们吗?"教室里再次爆发哄堂大笑。查文红有些恼火,但她不便对刚进校门的一年级孩子说什么,便又去问校长:"'狠狠'是什么意思?"校长笑着说:"这是我们的土话,'狠狠'就是下午的意思。"

第一节课的遭遇引起了查文红的深思。她看到了农村的落后与闭塞，如果这些孩子长大后还只是晓得"狠狠"，他们将永远走不出这贫瘠的土地，也将永远不能与外界对话沟通。她决定倡导用普通话教学。为了让学生首先能听懂老师讲课的语言，然后学会讲普通话，她开始刻苦学习当地土话，一有机会便向村民们学习。此后上课，她总先用普通话讲，然后再"翻译"成学生能听懂的土话。在她的推动下，普通话渐渐成了校园里的"时髦"语言。

查文红为了让启蒙阶段的孩子在愉快的氛围中接受知识，通过讲故事与编顺口溜的方式进行教学，深受学生欢迎。孩子们的学习热情高涨，期末考试时，全班的语文成绩平均达到九十一点八七分，名列全镇第一。家长们闻讯，纷纷买来鞭炮，来到学校放了起来。一位家长激动地说："这么好的成绩，我们多年没见过了，感谢查老师！"

面对此情此景，查文红激动得哭了。她庆幸自己的努力终于有了回报。那天晚上，她正在哭的时候，突然停电了。她只好躺在床上，一边想着远在上海的丈夫和女儿，一边等待来电。这时，窗外传来一阵碎乱的脚步声，她有点害怕，便壮着胆子喊了声："谁呀？"脚步声便消失了，外面一片寂静，静得让人心慌。就在她再次准备躺下时，又传来了敲门声，她担心是小偷，便提着棍子，走到门边猛地将门一拉，这时她惊讶地发现，住在附近的三个学生举着一支点亮的红蜡烛站在门口。其中一个孩子说："刚才停电了，我们担心老师一个人害怕，便把家中过年用的红蜡烛拿来给你壮胆。因为不知道你睡了没有，所以我们在你窗子下面听了一会儿。"一支燃烧的红烛映着三张淳朴而稚气的脸庞，查文红十分感动，她接过红烛，将孩子们拥在怀里说："谢谢你们，老师谢谢你们了。"

当时春节已经临近，学校照顾她想让她早点回上海过年，便让查文红把剩下的课集中讲完。孩子们听说老师要走，心里都很难过，竟不能集中精神听课。查文红有些生气，正准备批评他们时，一个名叫丁丽的小女孩站了起来，很失落地说："老师，你不走行不行？"

"不行啊，"查文红说，"老师要回家过年呢。"

"那……你到我家过年行吗？"

"不行，因为上海的家里还有一个姐姐正等着老师回去呢。"

听到这里，小丁丽哭着说："那你亲我一下好吗？"

查文红感动了，走过去亲了亲小丁丽，一边止不住流下泪来。这时，全班同学不约而同地站起来，都说："老师，你也亲亲我吧。"于是她一路亲过去，班上四十七个学生，她一一亲到。亲完最后一个学生，全班同学放声大哭起来。孩子们觉得，查老师这一去就再也不会回来了。

四十七个孩子一起大哭，那该是一种什么样的情景。哭声传出，全校师生以为发生了什么事情，纷纷跑了过来，附近的村民也闻声从家里赶来了。哭声是如此具有感染力，一时间全校学生都哭了，面对如此感伤的场面，一些老师和村民也不知不觉地流下泪来。

"那惊天动地的哭声，我从未听到过，至今还在我心中回荡，这一辈子我忘不了那感人的哭声。"查文红每忆及此，还是感动得双眼湿润。

大年三十晚上，查文红上海家中电话响个不停。她知道那是她的学生打来的。临行前，孩子们纷纷表示，春节期间给她打电话，她怕家长们付不起电话费，所以没同意。最后班长出了个主意说："我们打电话时，你别接，不就省钱了？我们约好，如果电话铃响两下就停了，那一定是我们打的。"

此时听着那不断响两下的电话，查文红的心又回到了魏庙小学，回到了孩子们的身边……

一个人的价值

◇赏析/冉彩虹

　　看完《女教师的四十七个吻》,不禁已泪眼朦胧,心暖暖的,心中留下了一个响亮的名字——查文红。

　　一个在繁华大都市过着优越生活的女人毅然决然地别夫离女,到贫困农村去教书,而且不拿一分钱工资,这在人们眼中是多么不可思议的一件事呀!可能有人会说她此举不正常,也可能有人会说她沽名钓誉,但不管别人怎么说、怎么看,查文红她做到了,她实现了自己的人生价值,她给那里的孩子带去了都市的信息与文明,她给那个小村带去了活力与变化……这就够了,足以说服一切,证明一切。

　　查文红是无私的,同时也是幸福的。她牺牲了很多,但她也得到了很多。考试时,她的学生得到了高分,家长买来鞭炮到学校庆贺;停电时,她的学生担心她害怕,就为她送来过年时才用的红蜡烛;她要回上海过年时,四十七个学生一起流泪,一起要她亲吻;她在上海过除夕夜时,学生们都打来只响不接的电话……这么多的美丽情感都是孩子们与家长赠予查文红的,能说她不幸福吗?这种肯定、这种认同、这种感激、这种牵挂使她成为世界上最富有的人。

　　人生苦短。有时候,我们真应该静下心来想想:我们应该为这个社会留下些什么?

梅老师是妈妈。

妈妈是梅老师。

梅 老 师

◆ 文/建　钟

龙卷风来了……

这时，梅老师不禁也慌了，但她并没有乱。她清楚地知道，孩子们这样争先恐后地涌向门口，最终的结果，只会造成教室这条惟一的出路人为堵塞，从而……啊，太可怕了！

梅老师便一大步上前，把守住教室门口，同时，她嘶哑着嗓子，再次向学生们命令："听着，按次序！谁也不准挤！谁挤谁最后一个出去！"

老师犹如军队里的将军，随着梅老师的声音响起，教室里一下子静了许多，那乱糟糟的局面也得到了控制，孩子们虽然免不了还要你推我、我拥你，可到底谁也不敢使劲往前钻了。

那呼呼又隆隆的龙卷风声音越来越近，越来越响，学生们一个连着一个，在有秩序地朝教室外撤离着。

突然，原来排在教室里最里边那个组的一个长得圆头圆脑、很健壮很漂亮的小男孩，似乎有些等不及了，又似乎有着充分的理由，只见他一窜上前来，很快就钻到梅老师的腋下，眼看着就能挤出去了。

但梅老师一把拉住了一只脚已伸在门外的男孩子，并狠狠地将他往自己身后一拽,说:"你! 最后一个出去! "

小男孩不禁抬起泪眼望了望梅老师。其他学生这时也都将目光集中到了梅老师脸上,但梅老师似乎根本没看见这一切,只顾用嘶哑的声音喊着:"听着! 按次序! 谁也不准挤! 谁挤谁最后一个出去! "

这里,四十五个同学中的四十四个,已双脚跨出教室的门槛了。于是,梅老师连忙拉过来一直站立在她身后的小男孩,并用力将他往外一推,然后——然而,时间就在这一刻停住了! 天地就在这一刻合并了! 随着一声闷闷沉沉的巨响,只听见几十个声音在同时惊叫:

"梅老师——"

"小刚——"

梅老师睁开眼睛的时候,已是第二天的下午。

梅老师睁开眼睛的时候,齐刷刷站立在她病床四周的四十四个孩子,同时叫了起来:"妈妈! "

听到这一声时,浑身上下都裹满了绷带的梅老师,不由得伸出抖抖的双手朝四周摸索着,并声音颤抖地寻找着:"小刚,我的小刚,你在哪里? "

回答梅老师的, 便又是四十四个孩子那带着哭腔的同声呼叫:"妈妈……"

梅老师是妈妈。

妈妈是梅老师。

用细节塑造人物

◇赏析/张 洁

　　这是一篇能给读者带来心灵震撼的文章。作者把人物梅老师放在一个突发的事件——龙卷风来临之际，在教室这个特定的环境完成了人物形象的塑造。

　　细节描写是本文的一大亮点。作者准确地抓住了在特定时空里所体现的细节：稍纵即逝的凌乱心理、嘶哑的喊叫、呼呼的风声、房屋倒塌声、寻找小刚的情景、孩子们的深情呼唤……在这些细节描写中，生动地再现了梅老师在危急时刻对生与死、亲情与师生情的抉择，完成了人物形象的塑造。文章最后两句"梅老师是妈妈"，"妈妈是梅老师"，是孩子们对梅老师的真切呼唤，它使全文的感情得到了深化，同时也是对梅老师的高度赞美，唤起了人们对老师的崇高敬意。

163

开始,声音很小,很细,不一会渐渐大起来,充满了整个教室。

最 后 一 课

◆文/刘德良

　　天气转冷的时候,退休老教师郭绍言就病倒在床上了。这是他离开刘洼小学的第二年冬天。一年多来,这位孑然一身的老教师时刻都没有忘记他呆了大半生的学校和那群可爱的孩子。如今,他老了,他不得不离开他一手创办的学校,可是他到底又舍不得走,他常常会一个人站在学校的院墙外,认真地听那些熟悉而又亲切的读书声。他想:孩子们真幸福!

　　他就是在教室外面听孩子们念书时突然栽倒的。后来,村长刘宝田跟几个老师拉着一辆板车,把郭老师送进医院。但诊断的结果,却让所有人大吃一惊:癌症晚期!

　　郭老师自己也感到情况不妙的时候,刘村长赶到他的身边,轻轻问他,"郭老师,您为刘洼小学操劳了一生,培养了那么多的人才,我们刘洼村人永远也不会忘记您!"停了停,刘村长又声音哽咽地说,"郭老师,您有什么要求就说吧。"

　　郭老师费力地笑了笑,眼睛有些潮润。他张了张嘴,郑重其事地说:"村长,如果您同意,我想再给学生们上一堂课,不知……"刘村长望着面前这位脸色灰白、憔悴的老人,不禁热泪滚滚。他说:"郭老师,我同意您再给同学们上一堂课!"说着刘宝田就有些泣不成声了。

郭老师是由几位年轻人搀扶着走进教室的。全体同学刷地一下站了起来。"老师好!"声音亮亮的,让人听了很受感动。

"同学们好!"郭老师声音颤抖,强忍着才没让自己的泪流出来。他吃力地坐在一把扶手椅上,望着面前那些可爱的孩子,挥挥手,说道:"同学们坐下吧!"说完,郭老师就翻开课本,激动地讲起来了。

教室内一片肃静,刘村长也坐在后面听课。郭老师微弱的声音异常清晰,深深地感染了孩子们。

郭老师讲完课,就让同学们自己朗诵课文。在一片童稚的吟诵声中,郭老师仿佛又回到了从前的日子里。他的心里豁然明朗起来,他欠了欠身子,竟然站起来,离开讲台,走向学生中间。教室里所有的人都呆住了,他们几乎同时给郭老师鼓起掌来。但是大家万万没有想到郭老师突然栽倒在地。掌声戛然而止,教室里一片寂静。刘村长第一个冲上去,抱住郭老师使劲摇晃着"郭老师,郭老师……"郭老师静静地躺在刘村长的怀里,头低垂着,一动不动。刘村长直直地望着郭老师,发现他的嘴角浮着一丝不易察觉的微笑。郭绍言老师在满足和幸福中安详死去。

165

刘村长让人把郭老师抱到讲台的椅子上, 然后声泪俱下地对学生们说:"同学们,你们再送送郭老师,再读一遍课文给他听吧! 他想听哩,他……他没有死!"学生们全都站了起来,他们一个个把小手缓缓地举过头顶,深情地喊了一声,"老师!"然后就一起泪流满面地念起了课文。

开始,声音很小,很细,不一会渐渐大起来,充满了整个教室。

用生命向学生讲课

◇赏析/张 洁

这是一篇小说。它真实地记录了一位退休老教师对自己一生从事的教育事业和教学工作的热爱、依恋之情。

小说主人公是退休老教师郭绍言。这是一位用生命向学生讲最后一课的老师。他身患绝症。在癌症晚期，他最大的心愿是再给孩子们上一节课。他在学生们深情地"老师好"声中开始了最后一课，在学生们深情的掌声中结束了最后一节课，也走完了他人生的里程。小说对郭老师的神态、语言、行为等进行了细致的描写。如："郭老师费力地笑了笑，眼睛有些潮润。他张了张嘴，郑重其事地说：'村长，如果您同意，我想再给学生们上一堂课，不知……'""他欠了欠身子，竟然站起来，离开讲台，走向学生中间。""郭老师静静地躺在刘村长的怀里，头低垂着，一动不动。""郭绍言老师在满足和幸福中安详死去。"这些描写生动地再现了郭老师的音容笑貌，表现了他用生命向学生讲课的精神和视向学生传授知识为终生幸福的高尚情怀。

小说高潮部分是第五至八自然段。这一部分通过对郭老师走进教室、怎样讲课、怎样栽倒在地而"安详死去"等情节的描写，生动地表现了小说的主题。结尾部分通过村长"声泪俱下"的提议和学生"泪流满面"地朗读的情景的描写，十分感人地渲染了对郭老师的感激、尊敬及对郭老师去世的哀痛。

小说取材典型，具有强烈的感染力。通篇以朴实自然的语言、深沉的感情叙述，没有发表任何议论。但字里行间却浸透了作者对老师的无限敬仰、赞美之情。

> 于是在我的脑海里,再次闪现出一个瘦
> 弱的身影提着一根教鞭,在逼着我们做作业,
> 那神态略显几分威严。这影抹不去,忘不了。

教　　鞭

◆文/岳　川

　　三年级的时候,我从一个偏远的小镇转到县城读书,最怕老师叫我到黑板前写词语和朗读课文。我曾经因在黑板上写倒笔和朗读课文南腔北调的普通话引得全班同学哄堂大笑,经常被同学们取笑,欺负我是"乡巴佬"。每当这种场合,我恨不得地上裂开一条缝躲进去。

　　因此,我特别恨我的启蒙老师——杨慧芬,恨她"误人子弟",给我们留下这么多坏毛病。她教我们写的许多字都是倒笔画。如教写"口"字,先写"∟"再写"┐"合成一个"口"字;又如教写"女"字,先写"一"再写"〈 "最后写"丿"。当时写起虽然顺手容易,但后来变成了习惯。有一次,爸爸辅导我写作业时又发现我写倒笔画,于是严厉地批评了我,为什么总是改不掉这些坏毛病。我没好气地说:"这都是杨老师教的,谁叫你们送我去找那种坏老师教?"我大声嚷着,语气中流露出对杨老师的痛恨。爸爸感慨地说:"你不该恨杨老师,她教你们多不容易,她只读过两年书,后来都是自学的,而且患有心脏病。她教的学前班是自己办的,又没有工资。家里生活很困难,能够教你们已很不容易。你应该感激她!"

于是在我的脑海里，再次闪现出一个瘦弱的身影提着一根教鞭，在逼着我们做作业，那神态略显几分威严。这影抹不去，忘不了。

那时，我家在一个偏僻的小镇上，我还不到五岁。因爸爸妈妈工作忙，没人照管我，便将我送到杨慧芬老师的学前班。学到多少并不重要，权当找一个人看护。

杨老师大约四十多岁，个子特别瘦小，只要天气稍微变冷，她就穿上厚厚的衣服，用毛线帽将头包裹着，显得弱不禁风，但是她对我们的要求特别严。凡是教过的字认不得或不会写的，就要被她用教鞭打"手心"。久而久之，凡有同学被提问认不得或不会写字的，就习惯地伸出手，等待她的惩罚。杨老师对主动伸出的那一双双小手，也许并不怎么忍心狠狠地打，但是也多少是有点分量的。目的是要好好地"教训"不听话或完不成作业的同学，要大家以后认真学习，听话。

168

记得有一次，由于头天晚上我玩得太投入，竟然将她布置的作业忘得一干二净。第二天早上检查作业时，我才突然记起。我知道至少这一鞭是逃不脱了。心怦怦地跳着，不敢看她的表情，便伸出颤抖的手，眼泪汪汪地看着她乞求她不要打，但是那无情的教鞭还是落了下来。当那教鞭要抽到手心的一霎间，本能的自我保护意识，手猛然缩回，教鞭打在桌上。我想这下可死定了，不知要挨多少鞭？于是便害怕得大哭起来，泪水簌簌地往下流。奇怪的是，这一次她饶恕了我。但是，我感受到了她教鞭的威力，以后再也不敢把她的话当作"耳边风"。至今想起来，那种打骂完全是恨铁不成钢的感情的流露。

在后来的学习中，每当我遇到困难时，就想起杨老师及那根教鞭，她驱赶着我在成长的道路上勇往直前。六年级时，我的成绩跃入班上前茅，老师表扬我，同学们喜欢我，都说我这个"乡巴佬"不敢小看。

今年暑假，我回小镇玩过一次，遇到儿时学前班的几个小伙伴，才知杨老师在去年的冬天因心脏病发作去世了。

据说她去世时，在我们读过书的桌子上还放着那根教鞭。

先抑后扬，以小见大

◇赏析/孙 闻

　　这是一篇歌颂老师的文章。作者巧妙地使用了欲扬先抑，以小见大的写法，把杨老师的严和爱，把杨老师的奉献精神通过自己的感受逼真地表现了出来。

　　文章开始写自己南腔北调的普通话引得全班同学哄堂大笑，而启蒙老师教的许多汉字倒笔画又使他感到很难堪，于是心中产生了对自己老师的恨，因恨而产生了不理解，进而责怪。是爸爸的一番话勾起了对杨老师的再次回忆，至此杨老师的教鞭不再是我的怨恨，而成了我前进道路上的驱动器。

　　教鞭是老师的工具，它会高高扬起而又轻轻落下，那些因懒惰而想逃避功课的小孩子必定会受到它的惩罚；教鞭是老师的威严，它总是在小孩子们不听话的时候出现，它督促你要好好学习，它催促你要勤勉奋进。作者的老师杨慧芬只读过两年书，身体瘦弱多病，家庭生活很困难，但硬是靠着对这根教鞭对这个职业的热爱，教会了不少无人看管的孩子念书写字。一根小小的教鞭是很普通的，也是很平常的，但它反映出来的精神却是不平凡的。这就是以小见大的手法给读者带来的巨大效应。

我感谢他给了我一段缩在墙角,喃喃背书的特殊回忆,更感谢他带领我进入了一段我由衷喜爱的——悠悠文学之旅。

我的语文老师

◆文/蔡瑜真

一根藤条;一阵吟朗声;一条宽松的长裤;一块长了蚂蚁的花生糖,总令我忆起那褓育了我六年的老师——陈永寿老师。

对于在陈老师班上的我们来说,虽然也有欢笑,虽然也曾无忧,但总是比别人多了些诗、词、书、曲的点缀。

老师一向给我严厉的印象,我一向认为在他施予高压下的教导是件苦事,尤其是他不断地要我们背书这件事,我当初实在觉得很痛苦。那时,才小学一年级,他就开始要我们背些简易有趣的童诗了,像"小小豆儿圆又圆,磨成豆腐千万千,人人说我生意小,小小生意赚大钱。""小老鼠,偷油吃……"当时的背诵是毫无压力,由兴而生的。但由二年级开始,古诗词就纷纷要塞进脑袋了,而以藤条为后盾的背书压力也就日益增重了。在我的印象里,老师要我们背诵的古诗是《兵车行》。由于才是二年级,一大堆艰涩难懂的生字,掺杂在其中,怎么背呢?老师将诗抄在黑板上,标上注音,一个字、一个音地带着我们念。当时的我们,什么义理也不懂,就只是因为怕挨打而痴痴地念,呼噜噜地背,念熟了,也就背下来了。那时我一点也不明白,为什么要背这些东西，我只知道，当我背会了后，能免于挨打，能受父母的赞赏，也能使哥哥投于我羡慕的眼光。

在小学六年的背书生涯中，每一年都有每一年的"代表作"。三年级时是"正气歌"，那是老师手抄后，用红墨标上特意钉在教室后面给我们背的。还有一首"巧姑娘"，至今仍令我记忆深刻。"锣鼓打得咚咚响，听说唱个巧姑娘，一学梳妆打扮，二学剪裁做衣裳，三学庭前会洒扫，四学走路莫轻狂，五学知人会待客，六学做饭满口香，七学抛梭会织布，八学描龙绣凤凰，九学重阳会做酒，十学贤惠李三娘。"我当时仍是稀里糊涂地照背不误，但现今回想起来，虽只是一首小小的童诗，却道尽了中国传统妇女的温婉与巧顺。

四年级背的是《岳阳楼记》、《陈情表》、《琵琶行》……一些《古文观止》里的作品。古文与诗不一样，它有许多不押韵的词句，所以背起来显得特别的吃力，而老师逼得又紧，因此，我们总是对上学带有几分恐惧。那时，没背完，是不准回家的，一定要在背给老师听后，老师在书上签字方可离开。玩，离我们好遥远，好遥远哟。操场是别班小朋友的乐园。我们所拥有的，只是一片诗、文的天空，与我们蜷着身子背书的教室一隅。

五年级是《出师表》、《长恨歌》，与宋词的天地。背书似乎背出心得来了，虚荣心常使得我们为别人投诸羡慕的眼光而沾沾自喜，班上的同学一向都是最乖的，没有半个会骂三字经的人，除了体育以外，我们样样都优秀，所以，至今，勤于背书的小孩不会变坏。

六年级时纯粹是《论语》的世界，成天就活在"子曰"的天地里。虽然骊歌在耳畔缓缓奏起，但老师严厉的鞭策依旧，他不容许我们有丝毫的懈惰。这时的我们已不知反抗的滋味是什么了。或许是逐渐长大，较会想了；或许是麻木，学会承受藤条那端的压力了；也或许是对古典文学的欣赏力，已培养出来了。总之，对陈老师的苦心已经能谅解，而有时竟也有些许与书本心神契合的灵敏感应。

老师是严师，也是慈父。他整整带了我们六年，从路都还走不稳的小小一年级，一直将我们捻成一群能够接受考验的少年；带着我们做操,跳舞,跳绳,吊单杠,教我们怎么端椅子,教我们一笔一画写毛笔字,领我们一点、一竖、一横、一撇地写字;细心地一个个地检查我们手指甲干净与否,甚至问牙齿是否每天刷了。

我曾被罚过,曾挨老师打,曾为背不完的书而泪流满面,曾对老师有过诸多的不谅解,但如今取而代之的却是一连串的感激。虽然我们失去了奔驰操场上的金色童年,虽然我们未尝过体育课的乐趣,但我们却拥有一段充实的诗词童年,与一片别人所没有的诗词天空。现在,每当上到一些以往背诵过的课程时,我总会想起那位爱吃花生糖、手执藤条、衣着朴实的陈老师。

我感谢他给了我·段缩在墙角,喃喃背书的特殊回忆,更感谢他带领我进入了一段我由衷喜爱的——悠悠文学之旅。

藤条下的悠悠文学路

◇赏析/石 流

陈老师在作者眼里既是严师,也是慈父。文章用了大量篇幅来追忆老师手执藤条迫学生背书的情节,表达了对严师、慈父的感激之情。

作为一名语文教师,当然希望自己的学生能从小就培养起对文学的爱好。于是作者小学六年的记忆化作了"一根藤条"和"一阵吟朗声",拥有了一段比别人"充实的诗词童年"。一年级时背书"毫无压力,由兴而生";二年级背书后"能免于挨打,能受父母的赞赏,也能使哥哥投于我羡慕的眼光";三年级已能朦胧地懂得童诗中道尽了"中国传统妇女的温婉与巧顺";四年级时"对上学带有几分恐惧","所拥有的,只是一片诗、文的天空";五年级"背书背出心得来了",此时班上已带有浓厚的文学氛围,"我们样样优秀";六年级尽管"老师严厉的鞭策依旧",但此时"对陈老师的苦心已经能谅解",并能生出"些许与书本心神契合的灵敏感应"。可以说,作者小学的成长之路就是一条"吟诗诵词"的文学之路。

陈老师是严厉的,但也是慈爱的。他教我们写字,做操,甚至细心到"检查我们手指甲干净与否,甚至问牙齿是否每天刷了"。面对这样的慈父,即使曾经对他的严厉产生过诸多的不谅解,但藤条下的收获叫作者怎能不感激呢?

文章首尾呼应,语言流畅、朴实,感人肺腑。

> 我幡然省悟:徐老师一心认定念四年级的我不可能写出那样的作文,其实对我是一种极大的"赞美"。

另一种"赞美"

◆文/[新加坡]尤　今

　　黑板上的作文题目只有四个字:《我的嗜好》。

　　教室里的秩序一塌糊涂。性子乖顺的,伏在木制的桌子上,抓头搔耳,苦觅灵感;顽皮好动的,化身为孙悟空,在座位旁跳上跳下,惹张三、动李四;被惹恼了的张三李四把作文纸撕出来,折成飞机,满室乱飞。

　　头发花白的徐老师呢,坐在桌子旁打盹。瘦瘦尖尖好像锥子一样的下巴,一下一下地点着、点着,乍然一看,还以为他坐在那儿欣赏着什么稀世佳作呢! 放学钟声一响,徐老师抬起头来,看着眼前这一大团忙乱的景象,露出了茫然的眼神,好半晌,回过神来,才说:

　　"同学们,作文明天早上带来交!"

　　同学们齐声欢呼,欢欢喜喜地收拾了书包,各作鸟兽散。

　　晌午的太阳,是一团炽热的火球,火球下的行人,感觉自己像火山,随时都会爆炸。学校建在地势偏高处,走出校门后,那道与马路衔接的宽宽直直的石梯,常是长得好似永远也走不完。比我大两岁的姐姐敏捷地走在前面,我低着头慢吞吞地跟在后面。姐姐一面走一面回过头来催我："快点，快点！"

头顶上的酷阳，我感受不到；大姐姐的催促，我充耳不闻。我的心、我的思维，全都缠在刚才的作文题目上。对于功课，我不是一个"面面俱圆"的人。数学、科学，我都"深恶而痛绝之"，独独爱的是语文，尤其是作文，觉得它像是一块糖，愈舔、愈想再舔、再舔。不上作文课时，我便自己在家里写日记，一页又一页，乐此不疲，其他功课全荒废了都在所不惜。

在公共汽车上颠颠簸簸将近四十分钟，才回到了当时坐落于火城的家。

草草地用过了午膳以后，便伏在还残留着饭粒的餐桌上大写特写。

作文题目是《我的嗜好》。我的嗜好是什么当然是看书啰！

我兴致勃勃地提笔写道：

"我是只书虫，是为了啃书而活的。一爬进书里，闻到了书香，我便觉得我有了生命活力。墨迹将我的身体染得斑斓多彩，粒粒方块字使我瘦瘦的脑子日益壮大。

"我父亲的经济能力不是很好，不能时时买书给我，嗜书成瘾的我，天天放学后便往书店跑。书店就在我家楼下，书店老板，和蔼可亲。我常常蹲在书店门口，贪婪地读老板丢在纸箱里那些过期的杂志或是陈旧发黄的书籍，老板不但没有把我赶走，还常常笑眯眯地把一些卖不掉的儿童刊物送给我。我如获至宝地把这些刊物抱回家去，觉得自己像个小富翁。一本一本慢慢地看，不敢看得太快，很怕一下子便把它们看完了。等到真的看完时，只好又厚着脸皮到书店里看'霸王书'啦！

"我是这样地喜欢书，希望来生可以变成一部百科全书，让全天下的人都可以因为读我而受惠。"

一口气写了三百余字，重读以后，又修正补上了多处错误遗漏的，才端端正正地写在作文簿的格子里。

次日，交了上去。苦苦地等。

过了几天，当我看到徐老师捧着我们的作文簿进教室时，立刻好似有只巨大的青蛙窜进我的胸腔里，"突突突突"地在那儿跳个不休。

徐老师这天的眼睛，一点也不惺忪、一点也不朦胧；反之，显得有点凌厉、有点生气。他把那叠作文簿用力掼在桌上，以目光将整间课室浏览一遍，清了清沙哑的喉咙，然后，喊道："谁是谭幼今？站起来！"

徐老师那铁青的脸色使原本凝结在我心房里那份充满了期待的兴奋感全然没有了，站起来时，我瘦小的双腿，还微微地颤抖着哪！

他把我的作文簿抽出来，丢在桌上，以质问的语调说道：

"这篇作文，从哪里抄来的，说！"

晴天里发出的这一声霹雳，使我当场呆住了。

从哪儿抄？从我的脑子里抄的呀！望着老师愤怒的脸，我嗫嚅地说：

"我自己写的……"

"自己写？"他抓起了我的作文簿，大力丢到我跟前，武断地说："才四年级，你写得出这样的作文？你想骗谁！"

我低头看见丢到我面前来的作文簿，那篇我花了整整一个下午写好的作文，被老师以粗粗的红笔写上了两个触目惊心的大字："抄袭！"

被人明明白白地冤枉的委屈，不容分辩而被当众叱责那份侮辱，还有，从课室四周射过来的那道道目光，全都化成了一把一把尖锐无比的剑，毫不留情地刺向我薄薄的心叶；从心叶渗出来的鲜血，把我原本苍白的脸，染得好像猪肝一样，赤红赤红的。我的眼泪，大把大把地流了出来，在迷蒙的泪眼里，我听到我自己喃喃地说："不是抄的，真的，是我自己写的。"

"你还嘴硬！"徐老师凶巴巴地逼供，"明天叫你父母亲来学校见我！"

又没有做错事，干吗要劳驾我父母来学校！我一面抽抽搭搭地哭得上气不接下气，一面抓那水里的浮木，说：

"你去问我姐姐，她读六年级，她亲眼看到我写的！"

他不耐烦地瞪了我一眼,罚我站。在众目睽睽下站了一整节,下课钟响,别的同学到食堂去了,他把我留在教室里,差人去把我姐姐找来。严厉地审问一番,实在找不到破绽,便"释放"了我。

不留情面地伤了一名稚子的心,事后却又没有片言只语的道歉。

那一年,我九岁,刚从马来西亚移居新加坡不久,是这所小学的插班生。

这件事情发生以后,我对这所小学,彻底失去了感情;对于那位华文老师的课,也完全地失去了兴趣!一年后,我转校了,转到成保小学去了。在成保小学里,我用心写出来的作文,得到了应有的褒扬;也就在小五的这一年,我开始了我此生不辍的投稿生涯。

隔了许多许多年的今日,冷静地回想当年那一段往事,我幡然省悟:徐老师一心认定念四年级的我不可能写出那样的作文,其实对我是一种极大的"赞美"。可惜的是,当时年仅九岁的我,领悟不到这一点,白白痛苦了好长好长一段日子。

177

极大的赞美

◇赏析/李　霖

　　小尤今写了出类拔萃的好作文,反而受到不公正的对待,文章向我们揭示了一个什么样的观点呢? 篇末写道:"隔了许多许多年的今日,冷静地回想当年那一段往事,我幡然省悟:徐老师一心认定念四年级的我不可能写出那样的作文,其实对我是一种极大的'赞美'。可惜的是,当时年仅九岁的我,领悟不到这一点,白白痛苦了好长好长一段日子。"用心写出的优秀作文被无端地判定为"抄袭",这明明是遭冤枉,受侮辱,她却说成是"极大的'赞美'"。这个观点出乎人的意料,又在情理之中。徐老师的心认定四年级的学生不可能写出那样的作文,说明这篇作文写得好,好到连老师都难以置信的程度,可见小尤今读四年级时的写作水平远远超出同年级甚至高年级的同学。从这个意义上看,老师的否定,正是从另一个角度对尤今写作天才的"极大的'赞美'"。